蛇笏と龍太

——山廬追想

山梨日日新聞社編
協力◉飯田秀實

蛇笏と龍太——山廬追想◆目次

山廬追想

山廬私想

あとがき

※本書は山梨日日新聞の創刊一四〇周年企画として二〇一二年五月から二〇一三年六月まで連載したインタビュー「山廬追想」と新たに四人をインタビューした書き下ろし、及び二〇一四年七月から同年九月まで掲載した「山廬私想」を単行本としてまとめたものです。原則として本文中は敬称略、肩書や年齢は掲載時のものとして収載しました。各編末尾の日付は、紙面掲載年月日です。

山廬追想

境川村（現笛吹市境川町）小黒坂に生まれた俳人の飯田蛇笏、龍太父子は、戦前戦後の俳壇、文壇に大きな足跡を残した。二〇一二年は蛇笏没後五十年、龍太没後五年、蛇笏、龍太が主宰した俳誌「雲母」が終刊して二十年の節目の年に当たる。蛇笏は自らの居宅を「山廬《さんろ》」と称し、蛇笏、龍太の屋敷は今も「山廬」の呼称で親しまれている。俳壇や文壇、親族、郷里の人ら、二人と交友を結んだ人々が、それぞれの半生を重ねながら、蛇笏、龍太との思い出を語る。

心和らいだ家庭と里芋

金子兜太

かねこ・とうたさん　一九一九年埼玉県生まれ。東京帝大経済学部卒。加藤楸邨に師事。一九六二年に「海程」創刊。二〇〇〇年、現代俳句協会名誉会長。〇二年、『東国抄』で蛇笏賞。〇三年に日本芸術院賞。〇八年に文化功労者。句集に『少年』『両神』など。同県熊谷市在住。

■金子兜太が「飯田龍太」という俳人の名前を知ったのは一九四〇年代後半。「東京ブギウギ」「青い山脈」などの歌謡曲が焼け跡からの復興を目指す人々の心を勇気づけていた。

復職した日本銀行で従業員組合の事務局をやっていたころ、よく秋元不死男さんが印刷物の注文を取りにきていた。組合のビラやパンフレットみたいなものをやらせてくれといって。秋元さんは新興俳句の先輩だったから、私も名前を知っていたし、敬意を持っていた。来るたびに親しく話をして、その中で龍太の話も出たのだけれど、当時は秋元さんも、龍太が今後、どうなるかはまだよく分からない、とにかく、おまえさんと同じくらいの年の人が山梨の山の中にいて、おやじは蛇笏、おまえさんといいライバルになるかもしれないよ。そんなことを言ってくれた。

■組合活動にまい進した金子は五〇（昭和二十五）年に従業員組合をやめさせられ、間もなく福島支店に転勤となった。

ちょうど十年間、福島、神戸、長崎と支店をめぐって、六〇年に東京に戻ってきた。そこに秋元さんがまたやって来た。「おれも褒めたことがある龍太君がなかなかいい俳人になって、句集（『百戸の谿』）も出して頑張っている。（水原）秋桜子も清らかで美しい句集だと言っているよ」と言うわけです。同世代でライバル心がありますから、これみよがしに秋元さんが褒めるのを聞くと頭にきてね。龍太は伝統俳句、私は現代俳句、と考え方も違う。しかも、向こうは親子二代の俳人でしょう。こちらは、おやじは開業医で診察の合間に俳句を作り、私もまだ一のものか十のものか分からない、勤めながらの俳句作り。出自が違うという思いがあった。だから余計に龍太を見る目に色がついたんだな。

現代俳句協会賞を私が神戸にいたころの五六年、彼が翌五七年にもらった。そんなことがあって、龍太に親しみもある。親しみはあって、意識して、しかし、心のどこかではこの野郎、と思ってね。いつか正体を見極めたいという気持ちがあって。一度は会ってみたいな、どんなところに住んでいるのかなという思いもあった。とにかく一度、実物を確かめてからということだな。それくらいの腹づもりでした。

飯田龍太との思い出を語る金子兜太＝埼玉県熊谷市の自宅（撮影・靍田圭吾）

■俳人藤田湘子、高柳重信らに誘われ、山梨の龍太邸「山廬」に赴いたのは六〇年代。六〇年安保をきっかけに、社会性俳句、金子の書いた「造形論」、重なるように前衛俳句が台頭したのち、「伝統派」が高浜虚子を担ぎ出して盛り返しつつある時期だった。

昼ごろ到着したんですが、奥さんが、くりくりするような大きな里芋の煮付けをどんぶりに盛って、酒と一緒に「これでどうぞ」と言って出してくれたんです。奥さんは龍太の子どもを抱いてわれわれのところに時々来てね。龍太も終始、にこにこしていて。私は単純だから、それを見て、なんともいい気持ちになってしまった。私自身が芋好きだということもあるけれど、これはいい家庭で、龍太夫婦はいい夫婦だと、そう思った。それ以来ですね、龍太の俳句を割合、好意的に受け取るようになったのは。嫌疑感がなくなったんだ。人間の出会いとは面白いものですね。頭の中でぐずぐず考えていたのが、生の龍太に会ったらそれがスカっと消えた。

だから現代俳句を糾弾するために、龍太を利用しているという印象がある時には、私は非常に腹が立った。龍太が気の毒だと思った。だけどあの時、里芋を食っていなかったら、腹の具合がどうなっていたか分からないね。

鋭い寸言 矢のように

■金子兜太は秩父で生まれ育った。雁坂峠を越えた地域に展開する秩父には、武田信玄がたびたび雁坂口や群馬県から侵攻しており、そのときの伝承や記録が多く残る。

武田のころを思うと、秩父っていうのは山梨県の一部なんだ。「武州・秩父」という言い方は正確ではない、「甲州・秩父」というのが正確なんだという意識が定着していたんです。子どものころに聞いた大人たちのおしゃべりや、母親に「秩父連山のほうからオオカミのなきごえが聞こえる。静かに寝ないと食べられちゃうよ」と言われたことを思い出してもそう。秩父連山の向こうにある甲州が浮かんできます。

■森澄雄に対しては、ともに加藤楸邨を師としたこともあり、親しみの気持ちで接していたが、龍太の句と聞くと、何かしら別格に受け取った。

龍太みたいに別格に受け取れる同期の俳人があるのだろうかと考えてみても、いないんです。なぜかと考えたらね、秩父の男からみると、龍太は、甲州という格上の大地に存在する男という感じがあったんだな。快きコンプレックスと言ってもいい。そのコンプレックスは卑屈なものではなく、健康なものだと思いますよ。庭先のこっちが一歩下がって、縁側にいる龍太を少し立てて見てきた、と。どこかで敬意を持っていた。

■一九八八年一月からは、俳句総合誌「俳句研究」の編集者鈴木豊一の企画で、森澄雄、飯田龍太と座談会をした。

龍太はヒューマニティーというか、人をあわれむところがある。そんなに人をこっぴどくいじめている評論はないでしょう。座談会でも、じかにわたしに向かって、嫌がらせとか皮肉っぽい発言はなかったと記憶しています。それに対して澄雄のほうは、すぐにわたしにくってかかる。かみつく。わたしと澄雄がカッカカッカとやり合っていて、それを龍太は横で半分困ったような、半分うれしいような顔で見ておったのを覚えています。やりとりが終わったころを狙って、「ところで君、このごろ、こんな現象が目につくんだが……」というように、まったく違ったことを言い出す。場のさばき方も上手だったと思います。頭のいい人なんだ。一度、尾形仂さんをゲストに迎えたことがあったんですが、席上で澄雄とわたしが、

左から金子兜太、飯田龍太、森澄雄の３氏による鼎談
=1989年（角川文化振興財団提供）

「龍太もあと五年生きてくれたらね、非常にユニークな世界を作ったと思う。惜しかった」と語る金子兜太
＝埼玉県熊谷市の自宅（撮影・靍田圭吾）

かなりかみつき合った。すると尾形さんは客を呼んでおいてけんかをするとは何事だ、と怒り出した。龍太は半分にやついて、それを静かに見ている。何も言わない。尾形さんが龍太に「客の前でけんかをさせるなんていいんですか?」と不快感をあらわにしたら、龍太が「うーん。僕もまあ、どうしようかと思っているんですけどね」なんてとぼけた返事をして。今から思えば、それも座談会をにぎやかにしようという龍太の策だったんだな。

時には、俳句を中心とする日本の文学ということまで手を広げて話もしましたね。すると、龍太は断片的なんだけれど、日ごろ考えていることをピャッと言うことがありまして、そんなに上っ面だけの、調子のいい付き合いをしていたという感じはしないんです。龍太ときょう会ってきた。腹の立つことを言った……とは思うけれども、それは不快な感じではない。そういえば龍太がああ言ったことは、わたしにとっては役に立つな、といった思いでしょうな。

■だが、山廬に出向いたときの印象は少し異なるという。

五、六人のざっくばらんな集まりのときには長い話はしない。忍者か何かで、口の中に矢をふくんでピュッと吐くやつがいるでしょう。あんな感じで非常に辛辣なことを短く言う。みんなが誰かの句について話している。そういうとき、ピャッピャッと毒矢を吐くわけ。それが面白かったし、印象に残っている。腹も立ったけれど、非常に寸言の鋭さがあったな。

■さらに、東京の会合などで行き会ったときの印象はまた違う。

二人で一緒になっても、しゃべるネタがない。「元気?」「ああ、君もか」。そんなあいさつで済んでしまった。それが普通だったんだろうな。でも、割合にわたしのことは句評で書いてくれました。褒めることはめったにないけれど。「冬眠の蝮のほかは寝息なし」（初出は「俳句研究」一九八六年一月号）という句を褒めてくれたのは龍太の好意だと受け取っています。俳句の雑誌でうんと褒めてくれた。言葉は正確じゃないけど、「これからの俳句を予見させるような句だ」ぐらいのことを言ってくれたと思う。少なくともわたしはそう受け取りました。そういう意味では感動的な対話は時々あったということですね。はがきで礼状を書いたのを覚えています。そんなこと、めったになかった。それだけ非常に大きく受け取ったということでしょうね。

「雅」の龍太、「俗」の兜太、戦後俳壇担う

金子兜太は、一九一九（大正八）年の生まれ。飯田龍太は翌二〇年に生まれた。二人はともに大正生まれの俳人として、戦後の俳壇をけん引してきた。

金子は旧制水戸高在学中に句作を始め、東京帝大での学生生活を経て、四三（昭和十八）年に日本銀行に入行。三日で退職し兵役に従事した。海軍主計としてトラック島に出征し、敗戦後は米軍の捕虜になっていた。帰国したのは終戦の翌年。日本銀行に復職し、加藤楸邨主宰の「寒雷」に復帰した。

五五年、三十六歳で第一句集『少年』を刊行。季語や定型の分類に収まりきらない野生やユーモアに富んだ句をもたらし、また「造型俳句六章」など理論的なリーダーでもあり続ける一方で、小林一茶や種田山頭火を研究。

縦横の活動で俳句の世界をリードしてきた。

一方、龍太は、金子が第一句集を刊行する前年の五四年、三十四歳の時に第一句集『百戸の谿』を刊行。自然に根差した感性と叙情性豊かな作風が高く評価され、戦後俳壇に大きな足跡を刻んだ。

二〇〇九（平成二十一）年に出版された『金子兜太の世界』（角川学芸出版）の論考で、俳人坪内稔典は両者の句、たとえば〈曼珠沙華どれも腹出し秩父の子　兜太〉と〈露の村いきてかがやく曼珠沙華　龍太〉を比較し、「端的にいえば、この二人は、雅の龍太、俗の兜太という対照を示した。龍太はきれいなもの（雅）を志向し、逆に兜太は一見してきたないもの（俗）の活力に注目した」と記している。

伝統俳句と造型俳句。立場は違うが、ともに日本芸術院賞を受け、日本芸術院会員になった。

一九六〇年代の「山廬」での初めての出会い以降、金子は俳句仲間とともに幾たびか山廬を訪問。ともに選考委員を務めていた蛇笏賞の選考会では「あまり話した記憶はない」（金子）が、森澄雄を加えた三氏による俳句総合誌「俳句研究」での鼎談ではじっくりと論を交わした。

親しく語らずとも真の友

■境川村（現笛吹市境川町）小黒坂の飯田龍太邸「山廬」で出会って以降、俳人金子兜太、龍太に第三者を加えた鼎談や座談会は何度も催されたが、金子が龍太と二人きりで対談することはなかった。

森澄雄との対談は一、二度ありました。安東次男との対談も一度だけあって、初めから終わりまでけんかで終わっちゃった。龍太との対談については依頼もなかった。みんな初めから成立しないと思っていたんじゃないでしょうか。わたしと龍太は（人さし指で×印を作って）これだという先入観があって、本当のところが見えていないんですよ。でもわたしは、あの（山廬での初対面で）里芋が出されたときの印象から、けんかになるとか、毒舌を振るうとか、そういうことにはならないだろうと思っていました。結構悪口は言い合うだろうけど、深刻な話にはならない。二人で話すときは、そんな味わいが出るんじゃないかな。

龍太が伝統俳句、わたしが現代俳句とうまい具合に分かれているので、俳壇の先輩や後輩たちが自分たちの意見を述べるための材料に使っていると感じることはありました。俳壇史や現代俳句を論ずるときの材料に使うためには、二人が対立関係にあるように見えるのが好都合なんでしょう。それが今でも一般化しているんです。

■戦後俳句をけん引してきた二人が、山ひとつ隔てた秩父と山梨に、同じ時代に生まれたという不思議な縁。

龍太というのは存在していることだけで意味があり、存在することで救われる連中がいたという、そういう男じゃないかな。戦後俳句の慌ただしさのなかで、ここに来れば盤石でつぶれることはない、そういう空間を山梨県の山の中に用意してくれていた。

境川村（現笛吹市境川町）小黒坂の山廬後山を訪れた金子兜太（左）、森澄雄（左から２人目）ら。右から３人目が飯田龍太
=1970年（飯田秀實さん提供）

龍太は時代に対して積極的でもなく、消極的でもない。時代というものを承知していながら、存在していた。自分の仕事だけやっていたと、そういうことでしょうかね。明治以降の俳人のなかではね、正岡子規は動くことで自分の存在を明確にし、俳句の革新運動をはじめた。高浜虚子も自己主張を盛んにして一つの俳風を創り上げた。龍太はそういうことを一切しないで、俳句の世界に自然に寄与した奇特な男だと思う。

自分で面白いと思うのは、そんな龍太という存在がいたおかげで、わたしみたいに年中バタバタ暴れ回っていろいろなことを言ったり、書いたりした人間が逆に目立ったんじゃないかということ。神が龍太とわたしを特別な意味を持って、秩父連山を境に甲州、武州という形で配置してくれた。そんな思いも次第に強まっているんですよ。

■俳句は作品だけでなく、作者本人に会ってみないと評価はできないというのが持論だ。

それは一つ条件がありまして、それに値する作者、値する人間でなければだめ。しゃべったらいっぺんに何もなくなっちゃったなんてダメなんですね。それに値する人間っていうのはいますから、そういう人の作品は、実物に会って、実物としゃべらなければダメですね。

一月の川一月の谷の中　龍太

いろいろな人がこの句をうんと褒めますね。宇宙を表現したとかいって。わたしはあれを聞くとばかばかしくなるんですよ。わたしのように、一歩引き下がって龍太の句を見てきた人間が丁寧に読むと、あの句の持つ悲しみが分かってくる。龍太の句っていうのは、常識的な解釈で相当ぼかされていますからね。わたしは人の書いた解説を読む気がしない。ここは違う、ここも違うということばかりだから。

父母の亡き裏口開いて枯木山　龍太

幾人かで山廬を訪れた時に、ある人がこの句について「龍太先生、ずいぶんおセンチな普通の句を作りましたね」とからかったんだ。裏戸を開くと枯れ木林があって思い出が湧いてくる。そんな程度のことですかって。そうしたら彼は憤然としてね、「その普通のことがなかなか書けないんだ。君、書けるか」って調子で怒ったんだ。そのときに感じたんだけれど、龍太は特別なことを言おうとしない。普通のことを普通に大事にする人ですね。

「山の男龍太が持つ孤独、リリシズムの世界っていうものは、わたしが一番よく見えていたんじゃないかな」と話す金子兜太
＝埼玉県熊谷市の自宅（撮影・霜田圭吾）

本当の俳人というのは少ないんです。俳句は作るけれど、本物の俳句はできないという人がほとんどでしょうね。山本健吉はね、飯田龍太と森澄雄、わたしをアンチテーゼとして評価していた。でもよく見てみると、澄雄の方を評価して、龍太が二次的ですね。なぜかというと、澄雄の方が純粋叙情に徹している。龍太はまだ生のものが残っていた。ところがわたしは生のものが残っている龍太の方が好きだった。そういうことになりますね。山本健吉は最後まで澄雄をかわいがっていた。龍太はわたしによく言っていましたよ、「けんきっちゃんは、澄雄の方が好きなんだ」と。

■龍太が実作の一線から退いた晩年は、行き会うこともほとんどなくなった。

親しく語らずとも、なんとなくお互いのことは分かっていた。俳人同士の付き合いの一つの姿として、短い小説くらいにはなるんじゃないかな、わたしと龍太のことっていうのは。たしかに妙な関係だったが、龍太は本当の友達だった。

死と生に向き合った句集『遅速』

金子兜太は一九六一（昭和三十六）年、「造型俳句六章」を「俳句」誌に発表した。従来の俳句が自分（主体）と対象（客体）との直接的な結びつきという素朴な方法であったのに対し、その結びつきを切り離して、その中間に「創る自分」を設定する。対象を「見る」のではなく、すべてを自分の中に取り込んで、どろどろに溶かし、映像を作ってしまう。イメージを一瞬にして喚起する強靱な詩の世界。金子は言う。「我田引水かもしれないが、龍太がこのことも念頭に置いて俳句を作ろうとしたのが、最後の句集『遅速』ではないか」

闇よりも山大いなる晩夏かな

木の奥に木のこゑひそみ明易し

金子の挙げた二つの句。『遅速』以前の龍太の作品にはこういう句はほとんどない。では、龍太はなぜそのような〝実験〟を試みたのか。「蛇笏晩年の句の中には、体を張って自分の生命と取り組んでいる句がある。龍太はそれを承知していた。自分の句は、どうしてもおやじの句にはかなわない。よし、おやじを越えるには、金子の言っていたイメージとかいうやつを吟味してみようと。そんな思いがあったんじゃないか」

「龍太は自分の本当の思い、本当の死生観というものを書いてみたかった。自分は死をどう見つめているか。生とどう立ち向かってきたか。そういうことを書きたかった。そして、どうせやるなら父を乗り越えたい。そう思っていたでしょう。そのためには従来の主客二分の姿勢ではだめだと。だが、どうも満足できなかった」と金子はみる。

その後、龍太は俳句の実作の一線から退き、『遅速』は最後の句集になった。

「この句集は『雲母』の主宰を辞めて、一人の生活者に戻ろうとして創作したものではない。この句集を作った結果、句作りを止める決断をした。『遅速』の後も、この調子でつくって、世間の批評を仰いでみたらよかった。蛇笏の域に達した、いや越えた句を、あの人は作っていたかもしれない」

〈二〇一二年五月十日、二十四日付掲載。聞き手・村上裕紀子〉

文芸観を学んだ「わが兄」

岡野弘彦

おかの・ひろひこさん　一九二四年三重県生まれ。歌人。日本芸術院会員。國學院大名誉教授。折口信夫の最後の内弟子で、折口に関する著書が多数ある。歌集『滄浪歌』で迢空賞、『バグダッド燃ゆ』で現代短歌大賞を受賞。天皇陛下や皇族の和歌の相談役である宮内庁御用掛も務めた。静岡県在住。

■歌人の岡野弘彦は、短歌の迢空賞（角川文化振興財団主催）の選考委員を務めていた五十代のころ、同財団主催で同じ日に同じ会場で選考が行われていた俳句の蛇笏賞選考委員だった飯田龍太と初めて出会う。日本がオイルショック後の世界的不況から抜け出せず、対米貿易摩擦も深刻さを増していたが、徐々に景気拡大に向かっていく昭和五十年代のことだった。

当時、俳壇では龍太さんや森澄雄さん、金子兜太さんたち、歌壇では上田三四二さんや馬場あき子さんたちかな。皆さん仕事盛りの時で勢いがあってね。そして一番の長老で仕切っていたのが（文芸評論家の）山本健吉さんだった。もちろん龍太さんと僕とでは選考分野が違うんだけれど、ここでのやりとりは今でも忘れません。

■選考会場は東京・市ケ谷の料亭。別々の部屋で選考し、両賞が決まると仕切っていたふすまが開けられ、会食が始まる。

お酒も入るから、いつも大いに盛り上がります。時間がたつにつれて徐々に歌人俳人が入り交じるんですよ。森さんが自分の結社の集まりで裸踊りしたという話も聞いたかな。いろんな話が交錯していました。

■ある年の選考会の後の会食で、龍太との印象深いやりとりがあった。

会食が終わりに近づいたころ、山本さんが「これから千鳥ケ淵の夜桜を見に行こう」と言うんです。すると歌人たちは「行きましょう、行きましょう」とぱっと灯がともったように一斉に喜ぶ。ところが龍太さんたち俳人はどこかぶぜんとしているんです。僕は「俳人は桜は嫌いですか」と言うと、龍太さんが「嫌いというわけじゃないけど岡野さん、俳句と桜って、和歌と桜みたいにいかんでしょう」と答えるんです。そこで「でも芭蕉にだって桜の印象深い句があるでしょう。『命二つの中にいきたる桜かな』」、と食い下がると、龍太さんは「だから歌人である岡野さんは重い句が好きでしょう。あの句は桜が重いでしょう。桜というのはねえ、歌ではそうでなくても、俳句だと重いんだよねえ」と返された。なるほど、そうか、それは分かりますねと納得しましたよ。

■同じ伝統的な日本の短詩型文学でも、違いを見せる歌と句。それをより痛感させてくれたのが龍太だった。

俳句は軽みが大事で、短歌は重みを嫌わない。世俗的な軽さ重さではなくて、いわゆる感覚的に俳諧の持っている軽さというものがある。和歌の方はそういうところがむしろ重い叙情なんですね。桜を読むと重くなるのは人の命、ことに戦いで死んだ人の命と重なるから。戦争の暗いイメージと響き合ってくるんですね。そんなことを龍太さんの言葉から考えさせられました。

しかもそれが作る人間の気質の違いにもなっている。面白いなあと。もともと短歌から俳句が分かれていった数百年あまり前の日本人の心理もあらためて考えさせられるわけですね。即興、軽妙、洒脱、あいさつという俳諧の存在理由と、詠うそのものの情念と絡み合っている短歌の宿命的な違いですね。

■龍太と金子との掛け合いも記憶に残る。

会食の席上で何回か、金子さんが一生懸命龍太さんに論を仕掛けているように見えました。俳論を議題に金子さんが「おれはこう思うんだよ」などと言うと龍太さんは「ふーん。そうか。おまえはそう思うのか。ふーん」と。ひらりとかわすような感じで聞いていておもしろかったですね。それから、二人を見ているとなんとなく、江戸時代の人（龍太）と現代の人（金子）が話している感じに見える。理論の人と感情の人が話しているような感じとでも言えるのかなあ。龍太さんは言ってみれば芭蕉のよう、金子さんは一茶みたいな感じ。それがお互いの文学

「桜に関する飯田龍太さんとの会話は印象深い。いろいろと考えさせられました」と振り返る岡野弘彦
=静岡県伊東市の自宅（撮影・霍田圭吾）

論にも出てきているようで、面白いなあ、とね。その間、山本さんはにやにやしながら二人を見ている。やっぱり批評家だなあと。勉強になりました。

■選考会での〝龍太体験〟。数としては決して多くはないが、その接触は濃密な記憶として岡野の心に残っている。

第12回迢空賞選考委員会での岡野弘彦（左）と飯田龍太
＝1978年５月（角川文化振興財団提供）

会話をしたり、話しているところを見たりする中で、龍太さんは俳諧に関する文芸観とでも言うのか、俳人としての心のありようがほかの人より抜け出ているなあと感じました。俳人として老成と言うか、円熟という感じ。

時代的な観点からもそんな視点で見ていましたよ。歌壇では当時、前衛がジャーナリズムの上で広く表へ出てきているときだったんです。戦後という、いろいろな文化が流れ込む時代の中で歌壇は揺れたが、その点俳壇は平然としていた印象。俳句への確かな信頼感があったように思います。敗戦後の和歌文学、俳句文学の微妙な差が表れたからこそ、俳人の生きざまが気になった。そんなことからも龍太さんには注目していたんですよ。学ぶべきことは本当に多かった。だから、勝手かもしれませんが私はずっとこう思っていました。「龍太はわが兄である」と。

折口信夫が説いた「心の響き合い」

一九二四（大正十三）年生まれの岡野弘彦。二〇年生まれの龍太と同じ國學院大に進んだが、四歳年下だったこともあり学内での交流はなかった。ただ民俗学者、国文学者で歌人釈迢空としても活躍した折口信夫（一八八七～一九五三年）に教えを受けたという共通項がある。

柳田国男（一八七五～一九六二年）と並んで日本民俗学を主導した折口。古代研究を基にした学問領域は幅広く、民俗学だけでなく国文学などでも独自の学風を築いた。岡野は、折口主宰の短歌結社「鳥船社」に参加、折口晩年の七年間は内弟子としてともに過ごした。まきを割って風呂をたいたり、原稿の清書をしたりと常に折口の身近にいた。

そんな岡野が抱く折口像は「一口に言えば天才」。「古代を実感することをどうしてあんなにできるのか。天才としか言いようがない」

一方の龍太。福田甲子雄著『飯田龍太』（立風書房）などによると、折口に引かれて四〇（昭和十五）年に國學院大文学部国文学科に入学するが、その後病気のため休学。帰郷中の四五年には甲府空襲を山中からつぶさに見た。終戦後の四七年、折口の勧めで上京し、残りの卒業単位を修了。卒業論文は「芭蕉の悲劇性の展開」を取り上げた。

大学の講義で日本人一人一人が持つ心のありさまと感性の響き合いというものを学生に説いた折口。果たして龍太は何を感じ、学んだのか。「一番は風土と人間というものの心の響き合いではないでしょうか。折口学は徹底して日本人の心性を根源から明らかにしていこうという学問。折口と出会わなければ得られなかったものでもないですが、折口の講義を受け、一層深まっていったというのは言えると思います」

七九年の龍太句に折口の忌日を詠んだものがある。

沼空忌破風に月夜の大蛾憑き

鑑賞した岡野が言葉を添える。「こうこうと月が照る夜、家の破風に大きな蛾が憑いている。蛾とかチョウとかは魂のシンボル。魂が寄りついているということでしょう。しかも太陽ではなく月の夜のこと。沼空的な雰囲気を見事にとらえた句と感じます」

岡野にとって龍太は「折口とゆかりのある同門の先輩」という感じがするのだと言う。俳人、歌人という異なる立場にありながら、折口を通して両者はつながっている。

憧れだった潔さと厳しさ

■飯田龍太は七十二歳の時、父蛇笏から引き継いだ俳誌「雲母」を終刊した。一九九二（平成四）年のことだった。二十年ほど主宰した歌誌「人」を、ほぼ同時期に解散した経験を持つ歌人の岡野弘彦には思うところがある。

僕が「人」の打ち切りを宣言した時は、泣かれたり、怒りを表現されたりしました。続いてきたものを終えるということはそういうこと。長い歴史を持つ「雲母」終刊には正直潔さを感じました。伝統の継承などいろいろな考えを巡らせた上でのことでしょうが、その決断はなかなかできるものではない。それを知るからこそ、龍太さんが身近に感じられるところがあるんです。

■三重県の神主の家に生まれた岡野。「世襲」を求められる境遇にあった自分と龍太の姿を重ね合わせる。

僕は家を継がなければならなかったんです。両親は僕にそういう思いを託し、大事にもしてくれたが厳しくもあった。でも継がなかった。それは折口信夫の存在があったから。この人の学問と文学を身に付けたいと本気で思ったから。

僕は結局家を出たわけで、郷里を捨ててしまった。そこが龍太さんとは対照的で、龍太さんに引かれる部分でもあったんですね、立派だなあと。まあ勝手に僕が思っているだけで、「そんなのは君の勝手だよ」

と一蹴されるかもしれませんがね。でも大変なことですよ。普通の家でも大変なのに、ことに文学の伝統を引き継いでいく。しかも見事に決着もつける。僕にはできないなあと、すごいなあと。こんな話、一度龍太さんに相談したかったなあと思いますね。

■晩年、実作の一線から退いた龍太。岡野はある種の「共感」を覚えるのだという。

龍太さんが俳句を壮烈に絶ってしまったことは素直にすごいと思いましたね。共感の理由はこうです。例えば短歌は千数百年の伝統ある日本人の代表的な魂の表現。表現技巧も言葉に対する感覚ももちろん大事ですが、何といっても日本人としてその時その時の時代の中で一番表現すべき要の叙情、それをある激しさを持って表現するのが和歌の伝統だと思っているんです。

同時にそういう自分の心なり、体力なりが表現する行為に耐えられなくなったら潔くやめるべきだと私は思っています。できるなら八十、九十歳になっても作り続けたいという思いと、作り続けていくためには体力や気力を常に鍛錬しなければならないという気持ちがある。体全体で詠うところが日本の伝統定型詩。形は違っても、歌や句には

「話をしかければ非常に真剣に答えてくれた飯田龍太さん。常に一目置いていました」と話す岡野弘彦
=静岡県伊東市の自宅（撮影・霍田圭吾）

「凝縮」していくところがあるんです。龍太さんの叙情的な思いの凝縮された句は、そういう要素が多いのだろうと私は考えますが、それを断念した。僕だったら、だらだらと死ぬまで作るのかな。あの潔さ、厳しさは僕の一つの憧れでもあるのです。そういう人は少ない。

■俳句に対する潔さや厳しさ。龍太の作品自体にもそれは感じ取れると岡野はとらえる。

龍太さんの句はさわやかでしょう。それでいて深い叙情がある。それは人間と自然との心の通い方、あるところでそれをぷつっと断ち切るようにとらえ、句の中に定着させる。短歌よりもさらに小さな俳句という詩型の中に切り取る。そういう気迫がいるんですね。その気迫がないと自然描写はなれ合いのだらだらしたものになってしまう。そのためには非常に細やかな心と厳しい気迫がいる。龍太さんの句にはそんなことを特に強く感じるんですね。

もちろん山々に囲まれた甲斐の国で過ごしてきた要素もあるでしょう。龍太さんは若いころから叙情が豊かで、自然と絡まりやすい状況にあったかと思いますが、そこをぷつっと切る兼ね合いがうまくいっていた。そんな感じがするんですよ。

■甲斐の国に生きた龍太。岡野は、龍太の居宅だった

國學院大在学中に飯田蛇笏と共に早川町の西山温泉を訪れた龍太＝1941年８月（飯田秀實さん提供）

境川村（現笛吹市境川町）小黒坂の山廬を訪れたことがないが、いつか山紫水明の境川に足を運ぶことを夢見ている。

龍太さんというと「甲斐の古武士」みたいな印象があるんです。境川にとどまり続けたことは非常に意味のあることだと思います。そういう人っていうのは割合「狭く」なってしまって、視野と作品のスケールが小さくなることが往々にしてありますが、龍太さんはお父さんから続く風土の持つ魂を句に出したのだと思うんですよ。

龍太さんは以前、「一遍来なさいよ。桃の咲いている時がいいな」と言ってくれました。結局果たせなかったのですが、できたら来年あたり行ってみたいなあ。甲斐の山々を前に桃の花が一面に咲き誇る、そんな季節に。

戦後の叙情、沈潜した憤り、悲しみ

龍太の句に強く心引かれるという岡野弘彦。時代、時代を経る中で生み出されていった龍太作品の数々が、今も胸に鮮明に残っているという。

紺絣春月重く出でしかな

岡野はまず一九五一（昭和二十六）年作の龍太代表句を挙げる。「ロマンチックな思いが根底にあって、それが自然に出ている感じがします」

父母の亡き裏口開いて枯木山（六六年）

龍太四十代の作品には「両親を詠まれた句にすばらしいものが多く、中でもこれは深い叙情性を感じます」と感想。

かたつむり甲斐も信濃も雨のなか（七二年）

龍太五十代のこの作については「俳句という小さな詩形がなんと大きく見えることか。印象的な句です」と鑑賞した。

昭和二十年代から三十年代へ、または第三句集『麓の人』から第四句集『忘音』へといったように、時代や年齢の変遷とともに句の世界観が変わっていくと岡野はみる。「たゆみなく変化して開け続けていく感じ。だから一番はこれ、とは選べない。時代ごとに深みのある句が表現されているように思うのです」と話した上で、こうも説く。「年を追うごとに句が落ち着いてくるというか、静まってくるというか。徐々につやのある句になっていく。心が枯れてない、つやがあるということですね」

岡野はもう一つ、龍太句の「戦後の叙情」にも言及する。「戦中を生きた龍太さん。戦後の平和な時間の中でだんだんとその記憶が心の中に思い返されてくる。そういう叙情、あらわな憤りや悲しみではなくて、抑えた形で、沈んだ形で句に表現されていると感じるんです。短歌は割合、具体的なことも叙情もはっきり出す。俳句はものに託したり深く沈めたりして表現するから、余計にそう思うのでしょう」

作品に通底する叙情は決して表面的なものではないという。「戦争だけでなく、家族のこと、継承のことなどいろいろ思うところがあったと思う。時には使命感であったり、時には重荷であったりもしたかもしれません。そんな多様な思いがじわーっと大きく深い形でにじみ出しているのが龍太さんの作品と僕は思っています」

〈二〇一二年六月七日、二十一日付掲載。聞き手・田中喜博〉

ぶれない芯の強さに魅力

有馬朗人

ありま・あきとさん　一九三〇年大阪生まれ。理学博士、根津育英会武蔵学園長、静岡文化芸術大理事長。原子核物理学の研究で業績を残し、東大総長、文部大臣、科学技術庁長官などを歴任。七八年仁科記念賞、二〇一〇年文化勲章。俳句では山口青邨門下で、俳誌「天為」の主宰。蛇笏賞選考委員。

東大総長や文部大臣を歴任し、現在は俳句の蛇笏賞選考委員を務める俳人有馬朗人は、十歳年上に当たる飯田龍太と俳句を通して親交を深めた。自らの句の批評を受け、対談で俳論を交わした先達は、有馬にとって今なお憧れの存在として心の内に在り続けている。

■一九九二（平成四）年初秋。有馬朗人は飯田龍太との対談のため、境川村（現笛吹市境川町）小黒坂の龍太邸「山廬」に初めて足を踏み入れた。有馬六十二歳。この年は、蛇笏没後三十年の節目であり、訪問は、龍太が主宰する俳誌「雲母」を八月号で終刊した直後のことだった。

かねがねお邪魔したいと思っていた山廬。尊敬している先輩との対談だし、とても楽しみにしていました。行ってみると本当に静か。その雰囲気は今でも覚えています。庭や裏の小川を龍太さんと二人で歩きながら話をしました。お昼前からお邪魔して、昼ご飯をいただいて、二～三時間はいたかな。龍太さんもリラックスしていてね。

■飯田蛇笏と龍太の句の世界そのものだったという山廬の印象。ここから多くの名句が生まれていったが、そこは世界的にも希有な場所だと、有馬はとらえる。

同じ場所、同じ芸術分野で親子二代にわたって続いてきたというのが非常に珍しい。しかも俳壇で傑出した二人。世界的にもこんな場所はないんじゃないかな。明治、大正、昭和と日本が勃興していく時期に、ここには地に足の着いた暮らしがあった。自然のある静かなあの環境は創作にはうってつけの空間ですね。

■通算九〇〇号を数えた「雲母」の終刊をめぐっては、有馬も対談で一話題として触れた。

私は六十歳になった九〇〇年に「天為」という雑誌を始めているんです。同じ頃に一方はやめて、一方はつくった。対談ではそんな話をいろいろとしましたが、はっきりした終刊の理由は今も分からない。三島

「山廬は本当に静かでした」と話す有馬朗人
=浜松市の静岡文化芸術大（撮影・霍田圭吾）

由紀夫もそうだけど、芸術家が年を重ねた後、若い頃からの力を持ち続けられるのか、という思いが龍太さんにもあったのかな。でも「雲母」という組織を動かしていくのは大変なこと。それだけのことをやってきたわけです。ただ終刊の真意については自分の中ではいまだ分かりません。

■俳壇に大きな影響力を持っていた「雲母」。有馬はその強さを「新鮮さ」にあると説く。

伝統を大事にしたが古さがないんだな。新鮮なものをつくっていた。ぶれない芯の強さがあり、魅力的でしたね。その芯の強さは蛇笏さんのものだな。龍太さんも健全な芯の強さを持っていた。だからこそ知らせを聞いたときは大きな衝撃だった。伝統俳句の中で歴史のある大きな結社。しかも龍太さんが現役としてまだまだ力があるところでやめてしまった。いい人材も多く、当時は驚きました。

境川村（現笛吹市境川町）小黒坂の山廬で飯田龍太（左）と話す有馬朗人 ＝1992年

■対談時の話題に「地方における文化」があった。文化の中心が一つではなく、全国各地にあるということ。俳句の持つ地方性にも言及した。

例外もありますが詩とか小説になると東京や大阪、京都に本拠地を置かなきゃならない。出版界や小説家同士、詩人同士のつきあいもあるから。それに対して俳句というのは逆で、それぞれの風土に立脚し、その風土を背負うことに意味がある。それに俳句は小説などと違って個人の文学ではなく、仲間の文学。仲間がいるところ、それが一つの重心になるわけですね。現に今でも、俳人は東京だけにいるわけではない。それぞれの人がそれぞれの本拠地でやるのが俳句のよさだし、地方文化を担う一番の文学じゃないかと思っているんです。

■山廬に根を張り創作を続けた龍太。対談の中で風土とつながることの意義を有馬は再認識した。

蛇笏さんと龍太さんが山廬にいたのは、そこを中心に自身の風土が展開され、そこを中心に「雲母」の仲間もいた。だからこそ、どこまでも純粋な風土性に立脚した作品をつくれた。中でも龍太さんのいいところは青春性を保っていたこと。新鮮な風土が周囲にあって、汚れなかった。疲れみたいなものも龍太さんには感じなかった。龍太さんが話してくれた「文化は足元にあるもの」という考えはまさにその通りだと思います。

■山廬対談から丸二十年。龍太の他界から五年がたつ今、有馬にはもう一度龍太と論を交わしたいとの思いがある。

龍太さんにはいろいろと勉強させてもらいました。いま一度話ができるのなら、そうですね、昨年の東日本大震災を踏まえて環境のことについて聞いてみたいですね。自然とともにどう生きたいか、自然とどう共生していくのか。身をもって山梨という自然の風土に立脚し、日々を送ってきた人だからね。龍太さんこそ、堂々とそのことに対してものを言える人だと思うから。

それと俳句の国際的な広がりについて聞いてみたい。龍太さんが亡くなって以降ですかね、国際俳句の広がりが際立っているんです。外国の人たちが俳句を書いているんですよ。それも大勢。日本の伝統的な俳句の今、そして今後についてじっくり話せたらおもしろいだろうなあ。

厳しさの中にある穏やかさ

有馬朗人は一九三〇（昭和五）年大阪生まれ。二〇（大正九）年生まれの飯田龍太のちょうど十歳年下に当たる世代だが、その存在は常に「憧れ」だったという。

戦後、学生時代から本格的に俳句に取り組み始めた有馬。山口青邨に師事し、「東大ホトトギス会」や俳誌「夏草」の例会などに積極的に参加しては句作に励んだ。

仕事のため長く滞在した米国でも句作を続け、七二年に第一句集『母国』を刊行。以後、『天為』『不稀』など計七冊の句集を世に出している。

理学博士である有馬は原子核理論の世界的権威で、東大総長のほか、小渕恵三内閣では文部大臣、科学技術庁長官も務めた。活躍は多方面にわたるが、龍太との接点は俳句のみ。山廬には複数回訪れ、それ以外にも出版社関係の会合や新年会などで顔を合わせては言葉を交わした。俳人同士としての純粋な付き合いが両者にはあった。

有馬と十歳離れた龍太の同世代俳人には、金子兜太や森澄雄（いずれも一九年生まれ）がいる。有馬はこの世代に大きな影響を受けたと振り返る。

「二十歳離れると一世代違ってしまうんですが、十歳差というのは『ついこの間まで自分と同じ感覚を持っていた人』なんですよ。龍太、兜太、澄雄という俳人が戦後という激動の時代をどのように生きていくのか。その歩みを間近でじっくり見させてもらった感じだね」

有馬にとって龍太は最後まで特別な存在としてあり続けた。「俳壇で傑出した三人の中でも、最も穏やかな人だった」と語るその理由に、甲州という自然環境のありようを挙げる。

「単に美しいとか単に豊かだとかだけでなく、ある種の厳しさも持った山河の中で暮らしたことが大きいのだろうと私は思いますね。厳しさの中に穏やかさもある。そんな龍太さんは今でも憧れの人なんです」

鋭い批評眼 励ましが力に

■一九九二（平成四）年に境川村小黒坂の飯田龍太邸「山廬」を初めて訪れ、龍太と対談した俳人有馬朗人だが、龍太との親交は以前からあった。その中でも印象深いのが龍太に自作の句を評価してもらったことだという。初めて批評を受けたのは有馬が二十代後半のころ。一九六〇年前後のことだった。

木蓮のあまりに白く家を圧す

私と仲間で小さな合同句集を何回か出していたんですね。そこに記した句の一つですが、それに対して励ましのおはがきをいただきました。木蓮があまりに真っ白く咲いているので家を抑えている。「この句、良いから頑張りなさい」って、はがきを書いてくれてね。もちろんこちらはまだまだ無名の存在ですが、龍太さんは新進気鋭の人でわれわれには憧れの的。龍太さんからの励ましの言葉は、駆け出しの俳人にとって大きな力となったことを今でもはっきりと覚えていますよ。

■批評してもらった句はそれだけではない。

幸運にもいくつかほめていただきました。そのうちの一つです。

失ひしものを探しに冬帽子

一九七七（昭和五十二）年、私は米国に行っていてその年のクリスマスのころにメキシコに出掛けたときの句なんですよ。この当時の龍太さんはもう大物。わたしは四十代後半、龍太さんは六十歳近くで堂々たる「天下の龍太」。一番注目を浴びているときかな、俳壇の重鎮中の重鎮としてね。うれしかったですね。

■龍太の魅力の一つに「鋭い批評眼」があるととらえる有馬。自身はもとより、多くの人がその批評眼、選句眼に育てられたはずだと考える。

龍太さんによって認められ、元気が出た人は随分いるんじゃないかな。人を発掘する力があった人だと

「龍太さんからの励ましの言葉はうれしかったですね。大きな力になりましたよ」と話す有馬朗人
=浜松市の静岡文化芸術大（撮影・霜田圭吾）

も言える。龍太さんは、主宰する「雲母」だけでなく、厳しい目で広く俳壇を見て、適切な評をしていた。しかも伝統俳句だけでなく、現代俳句、中でも前衛の人たちの作品も見ていた。はなから否定せず、しっかりと見る姿勢を持ち、いいものはいいと言ってくれた。蛇笏さんも随分そういうことをやっていたけれど、私の世代では龍太さんの存在は重要な意味があったな。

■山廬での対談時、龍太は選句についてこう語った。「蛇笏は人を見、俳句を見て、そして俳人としての一生を送った。私は俳句しか見ない」。このことについて有馬はこう分析する。

自分の句を批評し、励ましてくれたもう一人が歌人の塚本邦雄さんだったが、龍太さんと塚本さんは選について似ている考えを持っていたと思います。人ではなく作品だと。純粋芸術派は作品だけで勝負するが、それに対して社会性をある程度考えようとしたとき、その人の生きざまが問題になってくる。

俳句だけ見るのか、人と俳句を見るのか。僕はその人の人となりや生きざまというバックグラウンドは見るべきではないかなと個人的には思っていますが、総体的にどっちが正しいかどうかは分からない。両方に正しい面があり、両方に限界があるようにも感じますがね。

■優れた批評眼はどのように育まれていったのだろうか。有馬は想像する。

とにかく勉強していた人でしたからね。正岡子規も高浜虚子なんかもそうだったが、小説家や絵描きら文化人との付き合いがあった。同じように蛇笏さんもそう、龍太さんもそうだった。単に俳句だけにとらわれず、多様な人との交流が視野を広げたんじゃないでしょうかね。もちろん、その「本質をとらえる」「価値を見いだす」という批評の鋭さは、龍太さん自身の創作にも生かされたと思いますよ。

■一九四六（昭和二十一）年、フランス文学者の桑原武夫が、俳句作品が狭い俳壇でしか通用せず、普遍的な第一芸術ではない、と断じたいわゆる第二芸術論が出現した。前衛俳句が台頭してきた戦後の大きな潮流の中で、本質を見極める鋭い視点で伝統を守ったのが

1960年ごろ、40歳前後の飯田龍太（飯田秀實さん提供）

龍太だったと有馬は振り返る。

花鳥諷詠などいわゆる伝統的な考え方、作り方がだめだと言われた時代だった。若い連中はショックを受けてね。自分も腹が立ってかみつこうとするわけだけど無力だった。さてこれからどうするか。そんなとき、頑として伝統を守りつつ、俳句の中に叙情的な美しさを持ち込んで「これで現代俳句がつくれる」と思わせたのが龍太さんだった。自然をよく見て新たなものをみつける、自然そのものの良さを現代俳句の中でとらえる、という点で可能性を打ち出してくれたんですね。その姿勢は大いに参考にさせていただきましたよ。

句が映す「優しさ」と「厳しさ」

山廬に暮らし、俳句の道を歩んだ飯田蛇笏・龍太親子。甲斐の国に根差したことで培われた感性は叙情豊かな句として表れ、今なお多くの人を引きつける。しかしその両者の句には印象の違いが見て取れると有馬朗人は指摘する。

「蛇笏・龍太」という関係の中で、ぶれることがない一つの軸が「気骨」にあるという。「右顧左眄《うこさべん》しないで、自らを、そして自らの文学を貫いた。世の中が右であろうと左であろうと、わが道を行ったところがすごいことですね」

有馬は二人の「活躍ぶり」にも接点を見る。「活躍には時代に乗ったものと、そうでないものの二つがある」

と話した上でこう説く。「龍太さんと接する中で感じたことですが、龍太さんは外部からの光に自ら迎合するようなことはなかった。持っている力を自然に出す人で、蛇笏さんもそうだったと思います。自らひのき舞台に出掛けていって、売り込むことが二人ともなかったね。自然体という言葉がしっくりはまります」

その一方で、有馬が「おもしろい」ととらえる両者の違い。それは俳句自体に見ることができるという。

紺絣春月重く出でしかな　龍太（五一年）

一月の川一月の谷の中　同（六九年）

芋の露連山影を正しうす　蛇笏（一四年）

くろがねの秋の風鈴鳴りにけり　同（三三年）

いずれも有馬が好んでやまない両者の代表句だが、その違いを端的に述べると「優しさと厳しさ」に表されるという。龍太作については「自然の中に優しさ、温かさを見ているという印象。そしてその中に青春性がある。全体的に柔らかみがあるように感じます」。一方の蛇笏作。「連山」や「くろがね」を例に取り、「ずばり厳しさですよね。全体的に堂々たる風格がある感じでしょう。叙情の中に重厚さがある」

同じ山廬に根付いた両者の句であるが、その表現に対する有馬の受け止め方は異なる。「例えば『一月の……』を蛇笏さんが詠うなら、凍る川や勢いのある川のさまをとらえるのかなあ。二人とも頑固で厳しい面があるけれど、際立つのが龍太さんの持つ優しさと蛇笏さんの持つ厳しさ。生きた時代のせいもあるのでしょうが、似通うべき親子でそこが大きく違う。おもしろいですね」

〈二〇一二年七月五日、十九日付掲載。聞き手・田中喜博〉

厳しい評にも尽きぬ喜び

窪田玲女

くぼた・れいじょさん　一九一六年笛吹市生まれ。本名・澄子。蛇笏・龍太に師事。三六年「雲母」に入り、五九年から同人。句集に亡夫星詩との合同句集『火筐』、『籬内』など。三四年から教壇に立ち、富士川小、湯田小、春日小、甲府北中、相生小、千代田小、千塚小などを経て七〇年、母校の春日小校長で退職。東京都豊島区東池袋在住。

九十六歳の俳人窪田玲女は「雲母」終刊後、他の結社には身を置かず「生涯蛇笏龍太門」を貫く雲母人である。幼くして母、若くして夫を亡くした。封建的な家父長制の時代だった。だが、玲女はくじけない。戦前戦後を通じて、飯田蛇笏、龍太に師事し俳句一筋に精進した。一方で、一九三四（昭和九）年に教師となって以来、幾多の逆境にも屈せず「働く女性」を貫き、長女を育て上げた。六四年には、校長職に就いた。揺るがぬ志、蛇笏の「恒心」を心中に、龍太の「高潔」のまま生きてきた。

■「百戸の谿」。龍太は自らの第一句集をこう名付けた。長く続く坂道、家屋敷を支える石垣、路傍の巨木、土蔵……。桑畑が桃畑に、茅葺きが瓦や新建材に、土がアスファルトに変わっただけで「百戸の谿」のたたずまいは今昔さほど変わりない。「土を見て歩める秋のはじめかな　蛇笏」（一九三四年）。蛇笏は三九年夏、第二随筆集『土の饗宴』を刊行した。帰郷して三十年。風土と溶け合う詩心は純度を増していった。

一九四〇、四一年ごろでした。私はどこに行くにも、足袋を一揃い持って行きました。山廬近くの石垣のところで足袋を履き替えていたら、青竹二、三本を担いだお百姓さんが坂道を下ってきました。「なんだ、玲女さんか。どこのべっぴんさんかと思った」。下衿付きのシャツを着て裸足足袋を履いた蛇笏先生でした。男衆に頼んで竹を切ってきたところだそうです。あの時の風姿が蛇笏先生の印象となって今もよみがえります。先生

「飯田本家」と染め抜かれた揃いの法被に身を固めた若衆らと蛇笏（後列左から２人目）　=昭和10年代の山廬（飯田秀實さん提供）

はそのころ、「土の蛇笏」と言われていました。

■龍太長男の秀實さんによると、蛇笏時代、周辺には竹林が広がり、晩秋になると、行商が竹を買いに来た。竹を切る前、蛇笏は切れる竹に印を付けた。竹は農具や建築材に多用された。行商は昭和三十年代末ごろまで訪れ、蛇笏没後は龍太が仕切った。

新聞社の依頼で「青竹の蛇笏」という題であの日のことを書いたことがありました。ところが掲載時、「青竹の蛇笏」が「私のショールをちょっと」という題に変更されていた。あの日の帰途、蛇笏先生がバス停がある御所まで送ってくださいました。文章には、その途中、私のショールが風でずれ、先生が直してくださったことも書かれていました。記者がその部分を取り出して題名を勝手に変えてしまいました。「私のショールをちょっと」と「青竹の蛇笏」では全く違います。私は先生に「青竹の蛇笏」として接してきました。先生も「青竹の蛇笏」を認める私とおつきあいいただいた。「蛇笏先生に恥をかかせた」。私は記者と大げんかをしました。すると龍太先生が「玲女さん、もういいよ、そのくらいにしてあげて」とおっしゃいました。「青竹」というのは蛇笏先生の真骨頂を表した言葉です。

■玲女は三四年、教師になった。皮切りは富士川尋常高等小。二年後には「雲母」に入会した。二十歳だった。

恩師の勧めで高校の教員免許も取ろうと物理や化学の本を読んでいました。私がいつも難しい顔をしていたのか、同じ学年を担当する先輩で、「雲母」の古屋葵心さんが心配して「難しい勉強もいいけど、俳句をやると毎日が楽しいよ」と「雲母」を勧め、「玲女」と俳号まで付けてくれました。「玲」は「透き通る」という意味。私が普段難しい顔をしていたので、冷たい人間に見えたのでしょうか（笑）。文学なんて自分とは遠い世界のことだと思いながら「雲母」や俳句の本を読みました。ところが、自分は自然について何も知らない。学校の図書館のすぐ脇に咲く花もアカシアとは知らない。自然に対して何の関心も持ってこなかったことに気づき、あらためて自然の美しさに目が開かされました。爾来、俳句一筋です。

ところが、またも驚きました。初めての投句で、蛇笏先生選の「春夏秋冬」の三句欄にいきなり取り上げられました。この時、「雨宮玲女なんて知らない。誰かベテランが変名を使ったんじゃないか」と話題になったそうです。でも、以後は一句欄ばかりでした。それでも辞める気は起きませんでした。

■「雲母」では戦前から、月例句会が開かれた。会場は甲府城近くの汲古館別館。県内の有力俳人が師のもとで学ぶ地元の中心句会となった。玲女は結婚する三九年まで三年間、通い続けた。

十畳ほどの和室で、ゆったりと四角く囲んで座りました。高室呉龍さんや榎本虎山さん、五味洒蝶さん、石原右門さん、角本真琴さんら熟練者ばかりです。突然、小娘が飛び込んできたものですから、蛇笏先生も呉龍さんたちもびっくりしていました。句会には皆さん羽織袴で、私も着物。句会には必ず着物に着替えて行きました。

■蛇笏は三二年の第一句集『山廬集』以後、俳論や随筆も次々と発表、俳壇に重きをなす代表的作家となっていた。

句会では全員が用意された硯と筆で短冊に句を書きました。「切り短」と言いました。それを一枚の紙に五、六句まとめて精記し、全員で互選しました。その後、蛇笏先生が選んで講評してくださいました。講評は本当に厳しい。でも、先生に講評されれば、もううれしくてうれしくて……。「こういうところが悪い」なんて言われても、うれしくて仕方ない。取り上げられるだけでも天に昇るような気持ちになりました。

ある時の句会で、「嶺《ね》を近み奥津城《おくつき》どころ流星す」という句を作ったことがありました。自分では「よくできたかな」と思った。「奥津城どころ」（墓所）という言葉もいい。ところが、先生は「この句はどこを見てもゴツゴツしていて〝調べ〟がない」とばっさり。さらに「〝調べ〟の滑らかな句を作りなさい。例えば『谷川を流るる扇ありにけり』というように」と言われた。厳しい評でしたが、先生の目に留まったことがうれしかった。

「蛇笏先生は、甲府の句会のたびにお孫さんにお土産を買って行かれた。チョコレートが多かったですね。ただ、しょっちゅうなので私も少し心配になり、うかがうと、『そう、こっそりやるんだ。見つかると（家族から）怒られるんだよ』と、先生は苦笑いしていました」。戦後再開した「雲母」月例句会の思い出を振り返る窪田玲女
＝東京都豊島区東池袋の自宅（撮影・霜田圭吾）

封建的風潮の中、個を尊ぶ句会

「雲母」では句会の席順に上も下もない。句歴の長短も無関係。ましてや年齢も職業も。来た順に座る。人に上下はない。作品の優劣があるだけだ。龍太は生前、「弟子」という言葉を一切使わず「俳友」で通した。作品の前ではすべてが平等だった。封建的な旧弊が続く戦前から、玲女は「雲母」に「平等」を感じてきた。

澄子（玲女）は、一宮村（現笛吹市一宮町）の雨宮明治・とくえの長女、兄弟四人に挟まれた一人娘として生まれた。明治は十四歳から十年以上、米国で暮らし、洗礼も受けた。帰国後、生家の農業を弟に任せて商売の道に進み、甲府市春日町（現中央一丁目）で家具製造販売会社を経営した。澄子は七歳から甲府に住んだ。

「家で英字新聞を読む父から私たちは英語を学んだ。本もたくさんあり、およそ少女が読まないような（笑）、谷崎潤一郎の『痴人の愛』も雑誌で読んだ」。開明的な家庭に育った。その青春期には、平塚らいてうや与謝野晶子らが女性の人権擁護を訴えるなど女性解放運動が盛んだった。澄子は教師になり自立することを夢見た。

だが、身近に不幸が続いた。四歳で母が病死、継母も病弱で、家事は一人娘の澄子が背負った。甲府高女四年の時、継母が死去した。東京女子高等師範の受験を諦め、東山梨郡（当時）にあった山梨県女子師範に進学した。自宅と学校の間を汽車で往復、朝と夕、夜は家事に追われた。家族は番頭二人を含めて七人。「机に突っ伏して寝ている自分の姿だけがうっすらよみがえります。何があっても勉強したい。その思いだけに燃えていた」

澄子は一九三四（昭和九）年、教員になった。一方で、時代は三一年の満州事変から「十五年戦争」に突入。五・一五事件、国際連盟脱退、二・二六事件、日中戦争と続き、大正デモクラシーで育ち始めた女性解放運動の動きも封じられた。

「父は普段から『人間だれもが平等』と話し、民主的な考えを持っていた。だが結婚だけは父も『親が決める』と。周囲ではさらに封建的な家父長制は強く、社会でも女性の地位は極めて低かった」

こうした中で、澄子は俳句に出合った。俳句の善しあしには男女の別もない。甲府の月例句会では、お茶や硯の準備は、句歴もずっと長い年上の男性二人が担当で、澄子は句会の間、お茶を出すように言われたことはなかった。

「その後、私は長男の嫁の一人として封建的な家父長制の中に身を置いた。私自身はそうした時代の風潮に心の底で強く反発した。しかし、『雲母』、俳句の世界では『玲女』として尊重されました。そこに喜びを感じた。私にとって俳句は絶対に手放せないものでした」

逆境にも揺るがぬ「恒心」

■飯田家は名主をつとめた旧家である。「農となつて郷国ひろし柿の秋　蛇笏」（一九一四＝大正三年）。一切の書物を捨て帰郷した蛇笏は、小黒坂（現笛吹市境川町小黒坂）の人々とともに同じ土の上に生きた。そして今、同じ土の下に眠る。

戦後、甲府の月例句会の皆さんと正月二日、蛇笏先生のお宅をお訪ねするのが年中行事になりました。

1956年11月、「雲母」大阪支社創立30周年記念俳句大会と宮武寒々句集『朱卓』出版祝賀会出席のため、甲府をたつ蛇笏と龍太。写真奥は主治医の小沢麻男（飯田秀實さん提供）

男四、五人、女は私一人。先生の奥さま（菊乃）が陣頭に立って作られたお節料理をいただきました。ある年の暮れは大雪でした。朝、長靴を履いて出掛けようとすると「ばか言え、こんな日に行けるもんか。そんなもん履いたって無駄だ」と父が言いました。運よくバスは通っていました。麓の御所でバスを降りて驚きました。バス停から山に向かって一筋、土の道が山廬まで続いていました。雪かきがされ、普通の靴でも行けます。聞くと、山廬に年始のあいさつに来るお客さまのため、村の若い衆が〝道〟を作ったそうです。到着すると、奥座敷にずいと通していただきました。例年通りごちそうが並んでいました。

■蛇笏は帰郷以来、蔵の一棟を書斎として使い、自ら「俳諧堂」と称した。飯田家は古くから客の出入りが多かったが、蛇笏の時代には、俳人、文人が頻繁に来訪した。

戦後は、榎本虎山さんや角田雪弥さん、稲垣晩童さんとも何度かうかがいました。お風呂を用意してくださることもあり、時には泊めていただきました。お風呂は新しく造り直されたものでした。母屋からげたをはいて離れの風呂に行きました。「お風呂が沸きましたよー」。龍太先生の声が今も耳に残っています。年齢順に一人ずつ入り、私はいつも最後にいただきました。当時、大切なお客さんのために風呂をたくこと、そばやうどんを出すのが一般的なもてなしでした。山廬では、お孫さんたちがよくお手伝いをしていました。家風ですね。まだ小さかった由美子さん（龍太三女）も一生懸命お膳を運んでくれました。秀實さん（龍太長男）や惠二さん（龍太次男）は山や山廬の外仕事が中心だったようです。

■戦前に甲府城近くの「汲古館別館」で行われた月例句会は戦後、市内の旅館などで再開し、昭和三十年代からは甲府の中央公民館で行われた。

昭和三十年ごろから蛇笏先生と龍太先生が隔月で交互に選を担当されるようになりました。お年をとられた蛇笏先生のお体を周囲が気遣ったのでしょう。どちらの句会も五十人ぐらいがいつも集まりました。お二人の俳句は違います。文体も違います。ただ、俳句への姿勢、厳しさは全く同じでした。だから、交互の句会も全く違和感はなかった。私は仕事が忙

「俳句を始めて日が浅い若い方が『今日の先生はどちら？』なんて聞いてこられることもありました。そこで、私が『龍太先生よ』と答えると少し表情を緩めることもありました。龍太先生も若いし、話しやすさもあったのでしょうか？」。昭和三十年代の句会の思い出を語る窪田玲女＝東京都豊島区東池袋の自宅（撮影・中村誠）

しくても必ず公民館に行きました。

■六二（昭和三十七）年十月三日午後九時十三分、蛇笏は自邸「山廬」で七十七年の生涯を閉じた。玲女は前日から晩童ら俳友や主治医の小沢麻男らとともに師の傍らにあった。

私たちは二日夜から一睡もせずに山廬で過ごし、三日の夜を迎えました。私は先生の枕元に座らせていただいていました。一方には奥さまが座られていました。奥さまが先生の片手を握り、もう一方の手を私が握らせていただきました。お別れの時を迎えました。「大切な先生がもういない……」。そう思った瞬間、体全体が空っぽになりました。何も考えられなくなりました。

私は蛇笏先生から「恒心」という言葉を教わりました。俳句を始めて一句欄ばかりが続いたある時、私に言ってくださった言葉です。どんな逆境にあっても、常に定まり、変わらない正しい心、揺るがない心を持つこと。私にとって、その後の人生を支える大切な言葉となりました。また、先生は「俳句には限りない背景がある」と言われた。扇面は描いた絵とその周囲の広がりで成り立つ。俳句も同じで十七音が目に見える絵、文字にならない余白も含めて俳句になる。俳句には背景も込めなければだめだ。主観を表に出さず内部に凝縮して客観で表す。それが俳句である、と。俳句は余白の文学であるということです。

■龍太の「雲母」継承を疑う人はいなかった。ところが、龍太はその後三年間、継承を明言しない。結社誌は主宰誌とも呼ばれ、主宰と師事する会員、誌友との信頼が大前提となる。互いの信頼を結ぶものは作品。会員は必死の思いで主宰に句を投じ、主宰は全身全霊をかけ選句する。「雲母」はあくまでも蛇笏主宰誌。蛇笏への投句者たちの思いはどうなるのか。蛇笏の代わりはできない。龍太の苦悩はどれほど深かったろうか。

蛇笏先生が亡くなった時、私たちは龍太先生がそのまますぐに主宰になり「雲母」が継承されるものと思っていました。ところが、龍太先生は主宰であることを示す姿勢を厳として見せません。蛇笏先生没後の「雲母」には主宰の「巻頭詠」でなく、六、七人の古参同人たちの「近詠」欄を作りました。

■その後約一年半、龍太は「近詠」欄のほか、同人らの随筆特集「時の眺め」を巻頭に押し出し、自作はたびたび次ページに引っ込めた。蛇笏没後三年がたった六五年十月、第一回雲母全国大会が東京で開かれた。龍太は初めて「雲母」の継承を明らかにした。

龍太先生は、選に臨む姿勢で大切なのは、人柄とか、生業とか、同人かどうかではない、作品を尊ぶことだ、と言われた。立派だなあと思った。年長者の中には心の中で反発する方もいたでしょう。でも、蛇笏先生が亡くなられてから、皆さん、龍太先生に師事し投句を続けていた。龍太先生の継承は、古い雲母人も若い雲母人もとうに自明のことでした。

信仰と句作に生きた夫をみとり

「死病得て爪うつくしき火桶かな　蛇笏」（一九一五＝大正四年）。芥川龍之介称嘆の一句。ここで言う「死病」は一般に結核と解されている。四一（昭和十六）年六月、蛇笏は結核で数え年二十八歳の次男數馬を失った。「『ち、は、をまくらべにして梅雨仏』。先生の句集『白嶽』（四三年）には、悲哀の人生を詠った句が収められた。悲しい句集だった。その後、先生は戦争で長男と三男を亡くされた」。死病……。澄子（玲女）の脳裏に亡夫の思い出がよみがえる。

澄子は三九年、県職員でいとこの窪田泉と結婚、甲府に新居を構えた。泉は結婚前、澄子の勧めで俳句を始め、号は「星詩」、「雲母」に投句していた。四三年春、泉が体調を崩した。重症の肺結核だった。半年後、長野県内の療養所に入所した。

信濃路や花のさかりの遠蛙　　星詩

泉は篤信のクリスチャンだった。病院は松林に囲まれていた。「ここで何年……。あるいは召されることになるのかもしれない。お互い同じことを考えていても口には出さずにいた。行く時には『まるで新婚旅行ね』と私は軽口をたたいていたが、一人で帰る時は本当に寂しかった。夫は覚悟を決めて落ち着いていた」

療養所に入所後、澄子は泉の実家（現甲州市）に入った。勤め先も地元の学校に変わった。早朝、掃除の後、朝食の支度をして家族八人を起こす。給仕後、学校に向かった。帰れば堀に浸した鍋釜を洗い、夕食の支度をした。

四四年に入ると、療養所にも食糧難が直撃。泉は実家に戻り、離れで暮らした。

螢火をもてあそびゐる病夫かな　　玲女

学校と母屋、離れを飛ぶように走り回った。自分のことなどは顧みず身を粉にした。この間、甲府空襲で自らの両親が焼け出された。
終戦後、泉はしばしば呼吸困難を起こした。医者から「この人は意志だけで生きている」と言われた。四七年一月一日午前七時五分、泉は息を引き取った。
泉は亡くなる直前、俳友らに「お別れの言葉」として一文を残した。蛇笏は「雲母」で紹介した。「父なる神は、私の無きに等しい主イエスへの信仰を嘉し給ひ、斯くも平安にして歓喜のうちに私の最愛の肉体と訣れることを許して下さいました」。四七年三・四月合併号で、蛇笏は星詩の句を四四年に次いで二度目の巻頭に選んだ。

山風に落葉の遅速おのづから　　星詩

享年三十三歳。良き家族、良き師の愛に包まれ、信仰と句作の一途に生きた生涯だった。蛇笏は自ら、泉のため追悼句会を開いた。この句会で蛇笏は澄子の句をほめた。

春寒の雲ゆかしめて喪中かな　　玲女

泉は没後の四八年五月、第一回山梨県文学賞を俳句部門で受賞した。賞全体の審査委員長は蛇笏だった。澄子は四九年一月、命日に合わせて泉の遺稿集『榮轉』を刊行した。五〇年六月、澄子は小学校四年生の長女初海を連れて甲府に移った。
母と子の戦後が始まった。

高潔の人 鮮やかな引き際

■飯田龍太は「雲母」継承を宣言した一九六五（昭和四十）年以降、繁忙を極めた。毎月、二万句近くの「雲母」選はもとより、随筆執筆や新聞・雑誌俳句欄の選の依頼も殺到した。

俳句詰めの先生を心配して、県内の古い雲母人が旅にお誘いし休養をとってもらおうと考えました。男性は榎本虎山さん、辻藷村さん、稲垣晩童さん、女性は私。みんな先生より年長で、蛇笏先生以来のいわば兄姉弟子。年長者のわがままですから、龍太先生も聞いてくださるだろうと。ただ、私たちは一つ約束しました。「旅先で句会をしない」と。

伊豆の宇佐美に行きました。宇佐美は蛇笏先生の弟さんで富国生命社長の森武臣さんと深い縁がありました。私たちは、宇佐美の小さな宿に泊まりました。朝四時、足音で目が覚めました。龍太先生でした。外はまだ真っ暗でしたが、龍太先生は釣り支度をすっかり済ませ、張り切っていらっしゃいました。宿の舟は二艘。名人の父子それぞれが船頭で、龍太先生と藷村さんは親父さんの舟、こちら三人は息子さんの舟でした。イカを釣るのが目的です。糸にいくつも針がついているのを垂らして舟を進めました。船頭の指示で釣り上げると、茶色のイカが何ばいも上がりました。「こりゃあ、釣ったんじゃない、引っかかったんだ」と皆で笑いました。

■龍太の釣りは少年時代に始まる。海釣りは戦中、神奈川県の真鶴で療養していた折に覚えた。龍太は釣りの名人だった。釣行を題材に、俳味のある情感あふれた随筆も数多く著した。

私たちは昼ごろ宿に戻ったのですが、先生と蕗村さんはなかなか帰ってきませんでした。宿に戻ってきたのは午後二時も過ぎたころ。「深海魚の大きいのが釣れたよ」。先生は上機嫌でした。宇佐美の釣りでは、リールでイサキを狙ったこともありました。ところが、釣れたのはカワハギばかり。それでもようやくイサキが釣れてみんなで喜び合いました。私の句に「今生の海見ていさき

伊豆の旅で、龍太（写真右）とともに写真に収まる（同左から）田中鬼骨、稲垣晩童、辻蕗村。そばでは玲女や榎本虎山、細田寿郎らもにぎやかに雑談。このメンバーと龍太の旅は「雲母」終刊後も続き、公私を超えて深い親交を重ねた
=静岡県伊東市、1973年春（飯田秀實さん提供）

釣られけり」があります。

ある古い「雲母」の方が参加したことがありました。ところが、その方は宿に着くなり「さあ、句会だ」とさっさと切り短を配り始めました。〝約束〟を知らせてありませんでした。その晩、「やはり句会はなしで……」とみんなで反省しました。宿で日中、一つの部屋にみんなで集まり雑談するのも楽しみでした。男性の中には腕枕で横になる人もいました。ところが、その雑談も、やがては俳壇の裏話、俳句の背景にあるこまごまとした人間関係も交えながら俳句の話になりました。先生もくつろがれ、みんな笑いっぱなしで語り合いました。蕗村さん、晩童さん、田中鬼骨さん、細田寿郎さん、丸山哲郎さん、私の六人は後に、先生を囲む親睦会「六影会」（緑影会の別称も）をつくり旅に出ました。先生の影になろう、なんて言って……。

■八一年、玲女は龍太からNHK学園俳句講座の講師を依頼され、添削指導を担当した。句数は多いときで一万句に上ることもあったという。締め切りは絶対守った。玲女は七十歳となった八五年、長女の初海夫妻が住む茨城県取手市に移った。俳句は柏句会、阿比古句会（我孫子）、東京句会に参加、後進も育てた。九二（平成四）年、「雲母」が終刊した。「雲母」終刊後、私を含め、別の結社に移らなかった雲母人がいました。終刊早々に「私は俳壇から引退します」と親しい人に手紙を送った人もいました。私は福田甲子雄さんから「白露」入会を勧められました。手紙で、電話で、温かい言葉でほんとに熱心に。福田さんは他の方々にも同じように真心を尽くされました。ただ、私の決意は揺るがず、福田さんにこう言いました。「甲子雄さん、悪いけど、私は龍太先

茨城県取手市から引っ越す際持ってきた数少ない自分の持ち物の中に写真一枚と手紙一通がある。山廬後山にススキを手に散策する蛇笏の写真と、玲女に宛てた蛇笏の書簡。「特にこの写真は私が一番好きな一点です」と玲女。九十六歳。長女初海夫妻と五十二階建ての高層マンションに住む。窓からは東京スカイツリーも望める。「特に照明が入る夜は見事ですよ」
＝東京都豊島区東池袋（撮影・竈田圭吾）

生の弟子だから最後まで龍太先生の弟子でいます」

■龍太は七十二歳で「雲母」を閉じた。毎月二万句近くの選に体力がついていかず、主宰として責務が果たせないことを主な理由とした。「選は命」と考える「雲母」主宰・龍太の厳しい選択だった。しかし、その時、体力、気力の陰りを感じた人はだれ一人いなかっただろう。衰えてからでは遅い。選は揺らいではいけない。潔い決断だった。

終刊後しばらくして（九六年）、先生に「講師を辞めさせていただきたい」と相談しました。すると、先生は「どうしてですか？」と聞きました。「潮時です」と答えました。先生は一切慰留しません。「分かりました」と静かにうなずきました。どんなものにも引き際はあります。

■終刊後、龍太は俳句の発表もやめた。終生、作品発表を続ける俳人がほとんどの中で、俳人として充実した時、龍太は発表を断った。

龍太は具体的な理由を明かさなかったが、福田は生前「終刊後、別の結社に行かなかった雲母人の気持ちを深慮した先生は『発表の場を奪った』と自責の念をお持ちになり、自らも俳句の発表を断ったのではないか」と話すことがあった。

龍太先生は終刊後のことも元気なうちから考えられていた。「白露」もその一つでしょう。ただ、私は行かなかった。その後、私も先生も所属結社について一切触れませんでした。でも先生とのおつきあいはこれまで通り。旅にも行き、六影会の人たちと先生の喜寿も湯村温泉でお祝いしました。

■玲女は、「毎日俳壇」に投句した。龍太が蛇笏以来、選者を務め、「雲母」終刊後も続けていた。

それまで新聞の俳句欄に投句したことはありませんでした。しかし、龍太先生の選を受けるにはそうする以外にありません。その後、龍太先生推薦の「毎日俳壇賞」をいただきました。先生が選者を降りると、私も投句をやめました。

「節度」「潔さ」……二人に重なる生き方

「俳諧は三尺の童にさせよ」。龍太は芭蕉の言葉をよく引いた。「児童の純真な姿は、俳句を作る上に必要欠くべからざる栄養源である。教員澄子先生にとって、俳句は大事なこころの糧である」。星詩・玲女の句集序文に龍太はこう書く。玲女は日々、教師として純真な子どもたちの中にあり、一方で俳人として自然と向き合う時、無垢であろうと努めた。

教師としての玲女（澄子）を知る俳人は限られる。玲女は学校のことは句会で一切話さず、学校では俳句を語らなかった。児童を題材にした句も数少ない。「和して同ぜず」。龍太は玲女の生き方を序文でこう表した。節度を重んじた。「親しみて狎れず」。龍太が自ら戒めとした言葉を玲女自身も生きてきた。教師と俳人。「それぞれが独立し、互いに栄養を与え合ってひとりの人間像をかたちづくる」と、龍太は序文に書く。

澄子は授業ばかりでなく、合唱指導や学校図書館の充実、作文教育にも力を注いだ。「宿題全廃」に取り組んだこともある。自分の好きなことでいい。自発学習を勧め、報告してもらった。「みんな楽しんでくれた。記録を付けておいて見せると、子どもたちは驚き、自信を深め、自発学習に熱が入った」

一方で、自分よりも若い男性教諭が上司になることも日常的。「女性の地位の低さは顕著だった」。澄子は男性にひるまず意見を述べた。「句会は男女の別なく鍛えられる厳しい場。作品の前にすべて平等だった。職場も同じ。人として屈したくなかった」。玲女は「雲母」を貫いた。

一九六四（昭和三十九）年、校長になった。男性が激減していた終戦直後の女性校長以来、久しぶりの女性校長が誕生した。マスコミの取材も相次いだ。

「教壇教師で通そうと思っていた。上司が勧めるので校長昇任試験を受けたが、結果は期待していなかった。当時は夫婦二人が教員で、夫が管理職になった場合、妻に対して退職勧奨があった時代。女性教師は将来設計もできず意欲は低下する。寡婦（一九四七年一月、夫の泉逝去）の私を管理職にして均衡を保とうとしたのか。私は〝利用された〟と今でも思っている」

だが、就任すれば全力投球。六七年、母校・春日小の校長になった。澄子は、教職員みんなが納得するまで議論を尽くした。ＰＴＡも意気に感じて支えてくれた。退職後も長く、後輩たちが「真澄会」をつくり、澄子校長のもとに集まり親睦を深めた。

現在は初海夫妻とともに都内の高層マンションに暮らす。毎朝七時に朝食、新聞を通読する。時には初海に時事問題に関して辛口の意見も。見たいテレビ番組は自ら録画予約、後でゆっくり見る。

昨春引っ越す際、私物のほとんどを処分した。「私の荷物を子や孫に背負わせてはいけない。私は身一つで十分」と潔い。「龍太先生譲りですか？」と聞いた。九十六歳は黙って笑顔を返す。「節度」「潔さ」……。いくつもの言葉が龍太と玲女を結ぶ。

〈二〇一二年八月二日、十六日、三十日付掲載。聞き手・中村誠〉

〔追記〕 窪田玲女さんは二〇一三年四月二日、九十七歳で逝去されました。

人温の人、父のように慕う

中込誠子

なかごみ・せいこさん　一九二七年、市川大門町（現市川三郷町）生まれ。四九年「雲母」に入り、六一年から同人。九二年の「雲母」終刊を受け、九三年「白露」創刊同人。句集に『真葛原』『白日傘』。甲府市緑が丘一丁目在住。

中込誠子は一九四九（昭和二十四）年「雲母」に入会。飯田蛇笏、龍太に師事し、五五年には蛇笏の発案で、山梨県内の女性俳人句会「若菜会」を結成した。「今も必ず、蛇笏先生、龍太先生が見ていてくださる」。心の内に「人温」に満ちた二人の存在を強く感じながらきょうも句を作り続ける。

■中込誠子は甲府高女（現甲府西高）を卒業後、一九四五年、第一勧業銀行に入行し、甲府の支店に勤務。そこで俳句を始めた。日本銀行甲府支店と山梨中央銀行でつくる「三行合同句会」に参加し、この句会で指導していた飯田蛇笏に師事した。

蛇笏先生はよく銀行にいらっしゃいました。ほかのお客さんと一緒に立って、私たちの働きぶりを見ていました。支店長が奥の応接室にお通しするんですが、先生は「僕はそっちは苦手で……」と一番端の応接に入るんです。奥の応接だとお茶を出す人しか行けないけれど、手前の応接なら私たちが「先生」って会いに行けるから。蛇笏先生らしいでしょう。龍太先生はそんな蛇笏先生を見て「おやじは勧銀に若返りに行くんだ。若い人たちに囲まれてご機嫌で」とおっしゃっていました。

当時から銀行には定期預金のノルマがありました。私もあちこちに頼んだけれど、もう頼むところがなくなってしまって……なんて話を蛇笏先生にしたら「そりゃ、かわいそうだ」と、（勧銀に）いらっしゃるたびに中銀（山梨中央銀行）の預金を引き出して持ってきてくださった。まさかそんなことをしてくださるとは思わなかったから、困ってしまって。中銀にも「雲母」の人がいて、「誠子さんが勧銀にいるとだめだ。蛇笏先生が中銀からみんなお金を持ってっちもう」っておっしゃってね（笑）。

■句作を始めて二年近く俳誌「南柯」に投句していたが、四九年、「雲母」に初めて出句した。

大先輩の榎本虎山さん、辻蕗村さんたちに「山廬へ連れて行ってあげる」と誘われ、初めて山廬（笛吹市境川町小黒坂）へ伺いました。坊ケ峰に登って句を作ったはいいけれど、途中で雨が降ってきて泥んこになってね。山廬の広い土間で泥を落として句会をしました。そこで「巻頭」に選ばれたのが「風吹けば光りを放つ曼珠沙華」でした。誰の句だ？　と尋ねられても、誰も返事をしなかった。……私の句だったんです。偉い人たちばかりの中、私のような下っ端が返事できないですよ。黙って座っていました。そしたらもう一句、「歩をとめて水引草を哀れめり」が取られてね。蛇笏先生が「この人は陰と陽、両方を持っている」とおっしゃったの。うれしかったけれど、震えちゃったな。

■五五年、女性俳人が集う「若菜会」を結成。この句会は半世紀以上たった今も続く。

蛇笏先生が「山梨には女性の句会がないからつくってくれ」とおっしゃったので、みんなに声を掛けて始めました。会の名前を決めるのに、先生が「僕が選ぶから、みんな考えてくれ」とおっしゃって、それぞれ案を出したんです。そしたらね、選ばれたのが私の。花ではなくて、いつまでも若々しく、野菜のようにみずみずしくいたい。そういうところがいい、と「若菜会」になりました。

蛇笏先生はお子さんを何人も亡くしているでしょう。だから情に厚かったのね。ある時に「誠子さん、お父さんは？」と尋ねられたから、「父は獣医でしたけれど、私が十三の時に亡くなりました」と答えたら「そりゃ大変だったね」って。それからね、私のことを心に掛けてくださるようになったようです。

ある年の新年句会の帰り、友人と一緒に山廬で一泊した。「『寄せ鍋や父の如くに師の近し』という句を作ったら、ある人から『〝父の如くに〟といえるあなたがうらやましい』って言われたの」と話す中込誠子
＝甲府市緑が丘二丁目（撮影・霜田圭吾）

■六一年、広瀬直人、大井雅人らとともに「雲母」の同人に推薦された。

まだ若いでしょう。複雑な気持ちでした。「同人のくせにこんな句を」って言われると困るので、三十年勉強してから、第一句集を出したんです。

■翌年十月三日、蛇笏は「山廬」で七十七歳の生涯を閉じた。

療養中の蛇笏先生のお見舞いで山廬に伺ったんですが、なかなか帰してくださらなかった。「もう帰るのか、もう帰るのか……」とおっしゃってね。だけど私はその時、産み月でした。そんなところでお産になったら大変でしょう。柴田白葉女さんもいらしていて、午後十時になったので「おいとましましょう」とタクシーを呼んで帰りました。白葉女さんが宿を決めていないとおっしゃったので、うちに泊まっていただいたんです。

それから間もなくでした、蛇笏先生が亡くなったのは。龍太先生から電報をいただいて、すぐ山廬に電話したのだけれど、私、お産で出血がひどくて坊やを死なせてしまったんです。先生が亡くなった時、自分が絶対安静だったからお葬式にも行けなかった。病院で床に伏せながら「先生が今、焼かれている」

甲府・舞鶴城公園（甲府城跡）に建立された飯田蛇笏句碑の除幕式に集まった若菜会の女性俳人ら。右から６人目が中込誠子=1963年（飯田秀實さん提供）

と思ったら、まるで自分も焼かれているかのような気持ちになりました。

体が良くなってから、主人と山廬に伺ったんです。廊下に竹の葉が落ちていてね。「喪の家の落葉散りゐる長廊下」。一周忌と三回忌はその分もお返ししなきゃ、と泊まり込みでお手伝いしました。

■蛇笏の代表作「芋の露連山影を正しうす」。その筆跡通りに刻まれた句碑は六三年、蛇笏の一周忌に甲府城跡に建てられ、九二（平成四）年に甲府市の山梨県立文学館がある芸術の森公園内の庭園に移された。

お城にあった蛇笏先生の碑のお掃除をみんなで何年も続けました。碑はちょうど山廬の方を向いていたんです。「碑はつねに故郷に向き花八ツ手」。碑は蛇笏先生のお墓と同じです。今でも文学館に行くと、すぐに碑のところに飛んで行って、「きょう来ました」とか、「ここのところ、ちっとも作れません」って碑に触りながらおしゃべりするんです。

蛇笏碑に語りかくれば梅匂ふ　　誠子

句作続ける気持ち支えた言葉

中込誠子、八十五歳。今も、四つの句会に投句を続けている。

甲府高女時代は短歌を学んだ。国語の教師から誠子だけは毎日十首、必ず提出するように告げられた。

ある日、「庭青葉広き机にうつれるも父亡きあとの虚しさに似て」という歌を作った。自分ではよくできたと思ったが、教師から「気取っている」と厳しく評された。「私の気持ちと違う」。以来、短歌から距離を置いてしまった。

戦火で甲府市内の家を焼かれ、ぼうぜん自失となった一九四五（昭和二十）年秋、無性に海が見たくなって母と二人、知人のトラックで連れて行ってもらった。「由比ヶ浜波のうねりに秋立ちぬ」と口をついて出た。最初の俳句だった。

職場である第一勧業銀行で句会に入り、師事した飯田蛇笏、龍太に「勉強しなさい」と繰り返し言われた。俳句に関する本や句集を片っ端から読んだ。そのころになって初めて、学生時代に自分に厳しく接した教師の親心が分かった。

二十七歳で結婚。子どもを抱えながら夫と母に支えられて仕事と家庭を両立し、句会に通った。十三歳で父を亡くした誠子は蛇笏を父のように慕い、娘のようにかわいがられた。仕事を辞めようかと蛇笏に相談したこともあった。「結婚後も、女性に収入があるのはいいことだ」と返された。先進的な考え方に驚いた。

銀行内に設置された冷房の影響で、誠子は体に不調をきたすことが多くなり、入院生活は五回を数えた。だが、膵臓炎の高熱で字が書けない時にも、看護師や夫に代筆してもらい、投句を続けた。良い句が作れても作れなくても、出句し続けることが自らを鍛える術と信じていた。

時には「いっそ俳句を捨てて良き妻、良き母でいけば楽だろうに」と弱気にもなった。そのたびに誠子を支えたのは「誠子さんは一生俳句を続けていける人だと思うよ」という蛇笏の言葉。朴とつとした味のある話しぶりと、優しいまなざしを思い出した。句作を続ける気持ちが湧き、自分の弱気を叱った。

身近に触れた慈しみの心

■一九四九(昭和二十四)年、中込誠子は俳誌「雲母」の先輩、榎本虎山、辻蕗村らに誘われ、飯田蛇笏、龍太の居宅、山廬に出向いた。

そこで初めて龍太先生にお会いしました。その時の龍太先生は「紺絣春月重く出でしかな」、まさにこの句の通りでした。紺絣の着物を着て、黙っておじぎをするだけで、句会でもほとんど言葉を発しませんでした。何か悩んでいらしたのでしょうか。

■五五年に蛇笏発案で発足した女性俳人が集う「若菜会」。途中、龍太が父蛇笏から指導を引き継いだ。

若菜会の句会は当初、甲府市内のモード女学院の和室を借りて会場にしていたんですが、申し訳ないので、私の家が建ってからは、ふすまを取り払った部屋に机を並べて開きました。当時は庭に木を植える余裕もなくてね。植木屋さんに「偉い先生が来てくださるのに、何もなくてどうしよう」と相談したら、棕櫚竹の立派な鉢植えを玄関に飾ってくれました。新築祝いに写真を撮っておけば良かったのだけれど、そういう時代ではなくて……。寄せ書きだけしたんです。龍太先生が真ん中に大きく「祝」と書いて、お名前と俳句を書いてくださって、みんなも名前と俳句を書き添えました。

句会はいつも十五、十六人はいたでしょうか。龍太先生も、うちに来てくださる頃にはだいぶ明るくなっていました。女の人たちに囲まれた龍太先生はご機嫌でしたよ。教え方は蛇笏先生の方が難しかったけれど、俳句の本質というものは、龍太先生も蛇笏先生も変わりません。

■六一年、甲府の割烹旅館「甲運亭」での新春句会の帰り、誠子は林利子（現姓横山、千葉県在住）と山廬に一泊する幸運に恵まれた。

新春句会には、母に一番いい着物を着せてもらって出掛けました。蛇笏先生は先に山廬へお帰りになったので、龍太先生のタクシーに二人で乗せていただきました。龍太先生は八百屋へ寄ったり、肉屋へ寄ったり、酒屋へ寄ったりして買い物をされるんだけれど、「どこ産の何々をください」って言うんです。産地にこだわるなんて、まるで今みたいでしょう。私たち、びっくりしちゃってね。買い物が済んで、「先生はいろいろご存知なんですね」って言ったら、「あなたたちは知らなかったの」って笑顔で言われちゃって、車内も和やかになりました。

山廬での龍太（左）と中込誠子（左から３人目）、中川宋淵（右）=1982年10月（内藤久嗣さん撮影、中込誠子さん提供）

山廬の裏庭に外風呂がありました。そのお風呂をいただけると、一人前扱いしていただいたということになるとは聞いていたんです。すると、蛇笏先生が「二人ともお風呂行ってらっしゃい」って。竹がいっぱいで狐川がさらさらと流れていて。あまりにうれしくてね、私、着物を着てきたのを忘れてしまって。で、お風呂から出たら、どうにもこうにも帯が締まらない。あまりに時間がかかるものだから「あの二人、心配だから見てこいよ」って龍太先生がおっしゃったらしくて、奥さま（俊子夫人）が「どうかなさいました？」って。「実は二人がかりでも帯が締まらないんです」って言ったら「あら、やだ。早く言ってくれればいいのに」って。先生たちもそれを聞いて、みんなで大笑いでした。

翌日は月曜日。私は勤めがあったので、家に帰って着物から洋服に着替えなくてはなりません。先生方はまだお休みになっていたので、奥さまによろしくお伝えくださいと言って、バスに乗りました。途中、粉雪が舞いだして。「師の睡り深しや粉雪竹林に」という句ができました。

■誠子が胃潰瘍で入院した時には、龍太が一人で見舞いに現れた。

あかね色の小菊を（両手を広げて）こーんなに抱えるようにして病院にいらっしゃった。私だけじゃ、照れて困っただろうけれど、ちょうど母と三歳の子が来ていたので助かりました。

母が亡くなった時も龍太先生はお通夜にいらしてくださいました。主人がすぐ、部下に自動車で山廬までお送りするように言ったのだけれど、外に追いかけて出たら、もう、待たせていたタクシーに乗ってさっと帰って行かれました。かっこいいですよね

■九二（平成四）年、龍太が七十二歳で「雲母」を終刊して以降は、会う機会がめっきり

減った。

龍太先生の主治医は甲府の辻医院でした。私もそこに通っていて、二度ほどお目にかかりました。「誠子さんは、どのくらい辻先生にかかっているの」と尋ねられたので「辻先生のお父さまが行医だったので、お父さまの代からです」と答えたら、「そりゃ、やられたな」って。その時の句が「龍太師は老いてはならず春立つ日」。龍太先生が亡くなられた後、秀實さん（龍太の長男）がこの句を見て、「誠子さん〝死んではならず〟だよな……」と言っていました。

「龍太先生は『雲母』を終刊してから一度も句はお出しにならなかったけれど、私たちの句を見ているなということは感じてました。何もおっしゃらなくても、先生が見ていてくださるからこんな句ではみっともないって思ったりね」と語る中込誠子
=甲府市緑が丘１丁目（撮影・霸田圭吾）

龍太先生は奥さまを大切にしていらっしゃいました。蛇笏先生から「雲母」を継いで以来、お忙しかったでしょう。もちろん慕う人も多かった。私、ある時、奥さまに「龍太先生、おモテになって大変ですね」って言ったんです。そしたら奥さまが「あのね、年を取ってから私のところに帰ってくればいいの」ってほほ笑みながらおっしゃいました。

奥さまの具合が悪くなってからは毎日のように病院に通っていました。龍太先生は「今までお世話になったから今度は僕の番だね」って必ず付き添っていらしたんです。奥さまの言った通りだったんですよ。秀實さんが言っていました。「晩年、二人は満ち足りた時をすごした」と。

忘れられない柔らかな手

飯田龍太が、父蛇笏から「雲母」を継承して五年がたとうとするころだった。一九六七（昭和四十二）年、笛吹・境川中で井伏鱒二、永井龍男を招いて第二回雲母全国俳句大会が開かれ、中込誠子は龍太から井伏の接待役を任された。

「雲母」の先輩の中には「学校にある茶わんなどを使ってお茶をお出しして」と言う人もいたが、龍太の敬愛する井伏に失礼があってはいけない。誠子は自宅から茶器やおしぼりを学校に運び込んだ。トイレを下見すると、竹の花筒がそっと置かれていた。龍太が山廬裏の竹で手作りしたものだった。「ここに、買ってきた花は飾れない」。誠子は三日間、朝五時起きを続けて野の花を集め、水揚げをして花筒に挿した。

五百余名の出席者を集めた大会が無事に終わり、誠子は雨の中を帰宅。無理がたたって血圧が二百にはね上がっていた。「もう俳句も、龍太先生も放っておきなさい。自分が死んでしまいます」。医者に厳しくしかられ、直ちに入院することになった。だが龍太に余計な心配をかけたくないと、誰にも何も告げなかった。

後日、詩人で文芸評論家の小林冨司夫から井伏直筆の色紙を手渡された。つぼみがついた桐の一枝が描かれ、「地に沿うて飛ぶ　みそさゞえを見る」と墨書されていた。誠子の心を砕いたもてなしに感激した井伏が、「あのご婦人に」と託したのだった。

それから約四十年。大切にしまっておいたその色紙を表装しようと思い立ち、山廬の土間で龍太に告げた。「いいものを持っていたね」「立派に表装してくれよ」。龍太が差し伸ばした手を、誠子はそっと握った。龍太の人柄を表すように、柔らかくて温かな手だった。
龍太の訃報が届いたのは、それから間もなく。最初で最後の師との握手は、今も忘れがたい。

師と握手掌のやはらかく草紅葉　　誠子

〈二〇一二年九月十三日、二十七日付掲載。聞き手・村上裕紀子〉

貧しい山峡、畳のない家も

飯田五夫

（神奈川県横浜市）

飯田五夫は一九二三（大正十二）年一月、武治（蛇笏）・菊乃の五男として生まれた。すぐ上の兄龍太とは三歳違いである。五夫は来年九十歳。横浜市内の自宅に家族と元気に暮らす。離郷六十年を超え、望郷の思いは深い。祖父母、両親、兄龍太、早逝した三人の兄、さらに小黒坂の人々……。愛する人たちの記憶と懐かしい故郷の情景は今も鮮やかによみがえる。

■「雲母」発行所は一九三〇（昭和五）年四月、境川村（現笛吹市境川町）小黒坂の蛇笏宅「山廬」に移された。同じ春、五夫は境川尋常小二年、龍太は四年に進級した。

昭和の初め、山梨はどこも貧乏でした。境川周辺も貧しく、耕作できる土地も少なく自作農もわずかで、大半が小作農でした。どの家も長男しか残れず、次男以外は分けてもらえる土地もなく出郷するしかない。わが家も地主とはいえ貧乏地主でした。古米は新米より膨らむ割合が大きいと、家で使う米は古い米ばかりでした。新米は後年使う分だけを少し残して売りました。税を集めるのが、わが家の役割でしたが、ほとんどの家が金納できず物納でした。お金が足りず、家族が病気になると、借りに来る人もいました。周辺にはさらに貧しく畳が敷かれていない家もあり、床は半分に割った竹を並べ、上にむしろを敷いていました。ある人から「祭りがあるので家に遊びに来ないか」と誘われました。竹にむしろの床で、痛くて座っていられませんでした。囲炉裏は切ってありましたが、冬の寒さは尋常ではない。特に竹の床では寒さはより厳しかったでしょう。

■当時の県内農家では、現金収入の中心は養蚕だった。

わが家でも蚕を母屋で飼っていました。蚕が大きくなるにつれ、二階の蚕室から下まで広がり土間を越え、最終的には奥座敷の方まで押し寄せてきました。

隣の集落から男が住みこみで、忙しくなると、もう一人来ました。さらに、女中さんが一人、子守の女の子が一人いました。繭の出荷は男衆が行い、リヤカーか天秤棒で運び、僕も八代あたりの市場によくついて行きました。入札では取引価格が気に入らないと「不調」と言って取り下げるのですが、次にはいくらになるか分からないので、みんな何も言わず売り渡していました。戦後しばらくすると、畑は果樹園に切り替わっていき、見違えるほど豊かな生活になっていきました。

■蛇笏の父で、龍太や五夫の祖父宇作（一八六五＝慶応元年～一九四三＝昭和十八年）は隣村の圭林村の清水太左衛門の三男に生まれた。一八八三（明治十六）年二月、小黒坂（当時は五成村）のまきじと結婚、飯田家に婿養子に入った。俳諧が盛んな地域で、清水家でも古くから句会が開かれた。蛇笏十三歳の「もつ花におつる涙や墓まゐり」もこの句会で作られた。

親父はわが子の名前を四男の龍太までは一生懸命付けたようですが、五人目となって面倒くさくなったのか、僕の名前は祖父が付けました。祖父は政治が好きでした。でも、自らは表には出ない。将来は僕を政治家にしたいと思ったのでしょう。「投票用紙に書きやすい名前がいい」と「五夫」と名付けました。祖父によると、名前はトイレで思いついたそうです。祖父は僕をかわいがってくれ、好物の焼き海苔を僕だけにお裾分けしてくれました。焼き海苔は祖父の食事にしか付いていませんでした。

わが家では食事はみんなで長いお膳でとりましたが、祖父だけが別膳で、箱膳入りの別の献立でした。祖母がそうしたのでしょう。祖父は普段、長火鉢の前にどんと座りキセルでたばこを吸ったり、好きなお茶を飲んでいました。若いころは、酒をよく飲んだようです。ところが四十二歳を過ぎた時、医者から「このまま飲

蛇笏の祖母なみは十七歳で武兵衛に嫁いだ。間もなく自宅に盗賊十三人が押し入った。なみは冷静に応対する一方、逃げる盗賊を撃退しようと思案した。蛇笏はこの気丈な祖母を愛し、随筆にも書き残した。五夫は「なみは、度胸も据わった傑物でした。その血を引くのがまきじですから、一人娘だが『箱入り』でなかったのは、母親に鍛えられたのでしょう」と話す

＝神奈川県横浜市の自宅（撮影・霜田圭吾）

み続けたら死にますよ」と言われた途端、一滴も飲まなくなったそうです。

祖父の仕事は、納められた米俵を鉄製のサシでつつき中身を少し取り出すことでした。わが家に米が集まってくると、サシを手に余計な籾や雑物がないか確かめるんです。一年を通じ祖父の仕事といえば、それぐらいでした。親父の若いころ、わが家の暮らし向きはかなり苦しかったようです。男女八人の兄弟のうち、男四人はみんな大学を出ました。だから僕たちの時になっても借金が残っていました。ところが、祖父は普段、何もしません。物納の検査をするだけでしょう。だから親父もぼやいていました。

■蛇笏が父宇作に抱いた思いは複雑だが、五夫ら孫たちにとって、宇作は親しみやすいおじいちゃんだった。

祖父が南アルプスの温泉に兄弟を連れて行ってくれたことがありました。ところが、祖父は当初、小さい僕を連れて行かないつもりでした。出発直前、兄たちの話が耳に入り「僕も連れて行ってほしい」と頼み、祖母が祖父に掛け合い、行けることになりました。宿ではキャッチボールや川遊びをしました。滝を

1917年の飯田家。後列左が蛇笏。前列左から妻菊乃、次男數馬、母まきじ、長男聰一郎、父宇作、妹清子、妹千代志、弟武臣、弟武勝（飯田秀實さん提供）

見るため川伝いに山道を登り始めると、途中で道が切れ、つり橋の代わりに鉄線が束ねて渡されていました。それを上の兄から順に渡り、最後は僕の番。落ちれば数十メートル真っ逆さまです。「ついてこなければよかった」と後悔しても遅い。あれは本当に怖かった。

■「信心の母にしたがふ盆会かな　蛇笏」（一九二五＝大正十四年）。蛇笏の母で、龍太や五夫の祖母である、まきじ（一八六九＝明治二年～一九四一＝昭和十六年）は、武兵衛となみの一人娘として生まれた。

祖母は信心深く、近くの仁王堂に三六五日夕方、お参りしていた。御堂の畳の上で、子どもたちが相撲をとって遊んだ。祖母はその子たちによくお菓子をあげました。当時、お菓子など簡単には手に入らない。何かのお使いで近所の家に行っても、だいたいが漬け物、少しいいところで砂糖を手のひらに乗せてくれた。だから、祖母の菓子は子どもたちにとってどれほどうれしかったか。その一人が小学校で「飯田さんのおばあさん」と題して作文を書いた。毎日、お参りに来る。その子もえらいなあと思ったのでしょう。祖母を祖父が怒ることがありました。大雪の日、「こんな日に何も行くことはないじゃないか」と。でも、祖父がいかに怒ろうが、祖母はおかまいなしでした。

ある時、ハチが祖母の胸の辺りを刺したことがありました。家族が「早く薬を付けて手当てした方がいい」と言っても「こんなの何でもないの。手で押して毒を出してしまえば治っちまう」と薬も付けませんでした。

戦争、砕かれた青年たちの夢

戦場に果てた命、砕かれた夢――。甲府中学（現甲府一高）からもたくさんの卒業生が出征した。同窓会会員名簿に「戦死」または「戦病死」と記載された人は、卒業年別で一九三七（昭和十二）年が二十七人、龍太と同級の三八年が二十五人と極めて多い。藤嶋一郎もその一人である。

「朝焼けに椎の病葉落ちそめぬ　東皐」（「雲母」一九三六年九月号）。東皐は藤嶋の俳号。甲府中学四年、十六歳の夏に詠んだ。在学中、「雲母」の蛇笏選「春夏秋冬」欄に何度か掲載された。龍太が選句を頼まれることもあり、「僕にとって一番最初の選」と後年懐かしんだ。

東皐は韮崎市清哲町出身。校友会誌にも俳句がたびたび掲載された。龍太と同じ國學院大に進学、学徒動員された。出征後のある日、いとこの真壁英策（85）は韮崎駅で東皐に偶然会った。「一郎兄さんはすでに汽車の中にいた。窓越しだったが、互いに目だけで別れを交わした。軍刀を握り、まっすぐ私を見つめた目が忘れられない。最後の別れになった。物静かだったがユーモアのある優しい人でした」と言う。

一九四五年一月二十九日、自ら搭乗した輸送船が台湾沖で撃沈され亡くなった。二十四歳だった。東皐の弟藤嶋仁郎（一九八九＝平成元年死去）の長女戸田ひろ（66）は「文学が心底好きで、たくさんの蔵書が遺されていました。存命であれば生涯文学に打ち込み、龍太さんと友情を深めていったことでしょう」と話す。ひろは、父や母のサダ（二〇一二年九月二十九日死去）ら家族とともに遺品を手にとり、伯父を偲び語り合うことがこれまで何度もあった。

飯田五夫が甲府中学に在学していた時期、戦時色は日に日に濃厚となり、軍事教練も頻繁に行われた。

大雪のある日、バスが不通になった。五夫は雪中、家から甲府中学まで歩いた。到着したのは昼近く、軍事教練の最中だった。「そんな不便な所に住んで……。通学が困難な場合は近くに住むようになっているだろう」。教官が怒鳴った。「あんなに難儀して雪中行軍のようにして登校したのにほめられるどころでない。意外な言葉にがっかりした」

五夫は大学進学の準備中、肺結核にかかった。療養中、軍需工場行きが命じられたが、すぐに召集され、内地の兵営に入った。戦争末期、当然、食べる物に事欠いた。「おかずは味噌ならまだしも、カビが生えたスルメがよく出され、みんながひどい下痢に襲われた」。水路脇に生えた芹も食べた。伸び放題で太く硬く「材木」と呼ばれた。靴はぶかぶか。「足を靴に合わせろ」と言われた。空襲も多く「待避に遅れると全員が並ばされてビンタされた」。

内地で訓練を受けていた五夫の周辺にも「南方」へ向かう噂が出始めていた。その矢先、終戦を迎えた。ところが、五夫らは直ちに除隊されなかった。帰郷が許されたのは二カ月後の十月だった。甲府駅を降りた瞬間、呆然とした。「行くときにあった街が何一つない。全身の力が抜けた」

父の仕事場は近寄り難く

■昭和初期、飯田家は十五人前後の大所帯だった。家族だけで家事一切はできない。隣村から男性一人が住み込み、一人が通い、養蚕や庭、畑などの外仕事をした。ほかに女中や子守もいた。

今でも鮮やかによみがえる思い出と言いますか、〝感触〟があります。最も古い記憶です。子守の女の子におんぶされて近所を散歩していました。やがて、近くの子どもたちと会い、女の子も僕を背負って一緒に遊び始めました。すると、女の子が僕を背負ったまま肥だめに落ちてしまったのです。当時は化学肥料は普及していません。糞便が唯一の肥料という時代。畑に穴を掘りコンクリートで固め、糞便を入れて腐敗させていました。みんなにはやし立てられ、助ける人も笑いが止まらず力が入らないため、なかなか救い出せませんでした。腐敗し切っていたのでにおいはそれほどでもありませんでした。それより、水の冷たさ、あの感触だけは今も鮮やかに残っています。

■一九三〇（昭和五）年、「雲母」発行所が山廬に移り、蛇笏は繁忙な日々が続いた。三二年には第一句集『山廬集』を発刊、蛇笏俳句は俳壇に不動の地位を築いた。

子どものころ、親父と会話をした記憶があまりありません。親父の仕事場は中座敷でした。鉄のカーテンがあったようなもので一歩も中には入れません。ふすまを開けるどころか、近づくことさえしませんで

「山は遊び場。兄弟でよく行った」と懐かしむ飯田五夫。「サイダーを何本か持っていき、渓流で冷やした。のどが渇くと一本ずつを回し飲みした。順番は年齢順で、当然僕はいつも最後だった。一本を二巡して飲むようにした。僕の前に順番が来ると『五夫は一回飲んだよな』と聞かれる。気が弱くて何も言えない。一番下は損ばかり。僕がいかない時は龍太兄が損な役回りだったに違いない」
＝横浜市の自宅（撮影・霍田圭吾）

した。親父は一日のほとんどをその座敷で仕事をしていました。

お客さんは多かったですね。北海道や九州からも。バスを降りて三十分以上歩いて来る。お客さんはほとんどわが家に泊まりました。だから、おふくろは大変でした。迎えの準備は布団干しから。家族の布団だけで押し入れはいっぱいなので、客用の布団は蔵にしまっておくしかありません。一度は、布団を下ろそうとしたおふくろが文庫蔵の急な階段から落ちました。けがこそしませんでしたが、そのたびに大変でした。ある時は、朝、布団を干すために乗ったトタン屋根の霜で滑り、腰を打ち一週間から十日くらい寝こんだこともありました。

■五夫や龍太の母菊乃は東山梨郡七里村（現甲州市）の矢澤覚の長女に生まれた。覚は県議会議員を務める実業家。菊乃は学業に秀で、昭和初期の「雲母」には山菊女の号で句が見える。

飯田家の５人兄弟（後列左から蛇笏長男聰一郎、次男數馬、前列左から四男龍太、三男麗三、五男五夫）。1938年、甲府市内の写真館で撮影された。兄一人一人に五夫の思いは深い。写真は麗三の門出を祝う記念に撮影されたとみられる。五夫は小学生のころから、スポーツが得意で、陸上競技の郡大会に出場、相撲の校内大会で十数人抜きしたこともある。五夫は「柔道有段者の麗三兄から腰投げの特訓を受けた。あれが勝因だった」と懐しむ（飯田秀實さん提供）

おふくろは表に出ることを嫌っていたというか、自分で仕向けていたのか。家にずっといて、旅行に行くことはなかった。大阪支社の人たちが「雲母」の五〇〇号記念関西全国大会（一九六〇年）を開き、「先生だけじゃなく奥さまもぜひ」ということで旅に出ました。おふくろの旅はその一回きりでした。

甲府高女の一期生で、龍太兄の話では成績は五番以下になったことはないという。そういうことも絶対に自分から話しませんでした。いつも自分を押し殺していました。甲府へ親父と買い物に行くのに、一緒に歩くことをしない。道路を挟んで向こうの歩道を歩いていました。三歩下がってなんてもんじゃないんです。それだけ、自分を出すことを嫌いました。

■蛇笏は「勉強せよ」などと言ったことはない。ただし、兄弟喧嘩は容赦しない。烈火のごとく怒った。

兄弟喧嘩をすると、わが家では「下が悪い」というのがルールでした。だから、末っ子の私は救われたことがありませんでした。龍太兄も私の次くらいに救われなかったでしょう。親父からどれほど怒られたか分かりません。龍太兄と喧嘩すると、親父は両方の帯をつかんで抱え、文庫蔵に放り込みました。蔵は鉄の扉で鍵をかけなくても子どもの力ではとうてい開けられない。中は真っ暗。昼間でもネズミがゴソゴソしている。怖かった。一時間もすると、二人とも泣き疲れる。そこへ祖母（まきじ）が来て開けてくれました。「お父さん（蛇笏）によく謝っておくから、もう喧嘩なんかしちゃあダメだよ」。そんなことは何回もありました。ただ、おふくろ（菊乃）から怒られた記憶はありません。

■山仕事、庭仕事など、龍太も五夫も幼いころからよく大人たちを手伝った。そうした日常を通して山に生きる技、自然との接し方を学んだ。

炬燵に使う炭を炭蔵まで取りに行くのが僕の当番でした。炭蔵は穀蔵の裏手、周囲は竹やぶだった。夜は真っ暗なので木箱とともに提灯を提げて行きました。ところが竹やぶにフクロウがいて闇の中から「ホーホー」と低い声で鳴く。それが怖くて……。慌てているので箱にいっぱいにならないうちに一目散に帰る。すると、兄たちが「これじゃ少ない。もう一回行ってこい」と。遊びに夢中で日中にせず、どうしても暗くなってからになってしまいました。それに今（の山廬）は雨戸はしないけど、当時、雨戸二十数枚の出し入れは毎日。全部戸袋から出し入れするのが僕の当番でした。特に、戸袋に入れる時、少しでもずれるとうまく納まらず最初からやり直し。もう嫌でしたね。

■四男の龍太は次男の數馬に手を引かれ、境川尋常小学校に入学した。五男の五夫は三男の麗三によく面倒を見てもらい囲碁も教わった。

男五人の兄弟でしたので、兄たちと遊ぶことが多かった。裏山（後山）の上から赤土の南斜面をヒノキの葉の付いた枝を敷いて滑り降りるんです。次々と滑るので、そこだけ草がなくなり赤土が露出して滑り台のようになっていました。僕たちの時代は、何でも遊びになった。凧も竹とんぼも何でも自分たちで作りました。

遊びでも、兄弟で得手不得手があり、川に行けば、龍太兄は釣りが得意、麗三兄はつかみ捕り専門でした。麗三兄は柔道二段で兄弟の中で一番丈夫。夏、笛吹川の水位が低くなった時、アシが生えているところに入り、次々と魚を手で捕まえました。一方、龍太兄の釣りはすごい。同じ仕掛けなのに僕は釣れない。だから、兄に「ここになんかいないよ」とこぼすと、兄は「いやあ、そんなことはないよ、ほらっ」。びくの中にハヤがいっぱいいいました。

兄三人が早世　残された家族の強い絆

「夏火鉢つめたくふれてゐたりけり　龍太」。「北溟南海の二兄共に生死をしらず」と前書がある。戦争は終わったが、蛇笏の長男飯田聰一郎は南方、三男麗三はモンゴルにあり、生死は分からず、五夫は内地にいるはずだが音信はなかった。

蛇笏は一九四一（昭和十六）年、次男數馬と母まきじ、四三年に父宇作を亡くした。子を失う逆縁。父母の傷心は想像を絶する。龍太にとっても數馬は兄を超えた存在で「子どものころからいわば親代わりだった。境川尋常小学校の入学式で、僕の手を引いてくれたのも數馬だった。甲府中学の受験や入学式、卒業式もすべて一緒に行ってくれた」（『龍太語る』〈山梨日日新聞社〉より）。

戦争は終わったが、家族三人が戻らない。重い空気が飯田家を覆っていた。

秋、五夫が帰ってきた。終戦から二カ月がたっていた。「親父もおふくろも僕の顔を見るや手放しで喜んでいた。生きて帰ってきたのが本当にうれしかったのだろう。親父は『健康のもつともセルに勝ぐれけり』と句を作り『これは五夫のことを詠んだ句だ』と僕に言う。普段、自分の俳句について話したことがない親父がわざわざ言った」

五夫は理科系志望だった。大学に入る前に召集された。「數馬兄は歯医者になって間もなく亡くなった。『医者になれ』。親父が僕に言った。親父は僕の進路について、それまで何も言ったことはない。僕だけではない。子どもたちの誰にも言ったことはない。初めてのことだった」

一九四七年に聰一郎の戦死公報、四八年に麗三の戦病死公報（抑留中に事故死）が相次いで飯田家に届いた。

五夫は父の希望通り、山梨医専に入った。「ところが、僕は解剖が嫌で仕方ない。ホルマリン漬けの遺体は、とてもじゃない。それで東北大農学部を受け直した」。無事合格。専攻は植物病理学に決めた。「研究に没頭するのもいい、将来は牧場暮らしもいい。とにかく山梨から出たかった。ただ、医専を辞めることも東北大を受け直すことも、親父は何も言わなかった。その後も親父は、進路について一切口を出さなかった」

卒業後は、経済復興、経済成長のただ中、荒波にもまれた。身を粉にして働いた。五夫は若いころから少ない休暇を山廬でとるのが楽しみだった。苦しい時、癒やしてくれるのが古里だった。

「春月に髪も腕も滴らす　龍太」（一九五四年）。前書に「弟帰省」とある。久しぶりに里帰りした五夫が風呂から上がってきた。風呂を焚いたのは龍太だろうか。「兄は僕が兄を思う十倍くらい、僕のことを考えてくれた。『今度、五夫たちが来たらこれを食べさせよう』と随分前から準備していたという。二人だけの兄弟になってしまったので、互いに一緒にいられる時間を大切にしようと思った」

「文学は命」俳句に専心

■終戦後、飯田龍太は郷里で農業と句作に専念する日々を始めた。一九五一(昭和二十六)年からは県立図書館に勤め、蛇笏が望んだ「定職」に就いた。だが、蛇笏は全国各地の句会出席、「雲母」編集など多忙を極め、龍太も句会や俳論などの執筆に打ち込んだ。図書館勤務を始めて三年後、五四年の春が来た。

「五夫、俺は今日、辞表を出してきたからな」。ある晩突然、兄が言いました。「え? 辞めてどうする?」「俳句をやるんだ」。僕は俗物だから、即座に「賛成できない」と兄に言いました。すると、兄は「五夫に相談したら反対するに違いない。だから、先に辞表を出してきたんだ」と返しました。戦前には、今のような俳句専業は数えるほどしかいなかったでしょう。わが家も地主と言ってもたいした収入がある訳じゃない。だから、僕は兄がずっと図書館に勤めると思っていた。さらに、兄はこう言いました。「俺にとって、文学は命だ」。その言葉を聞いた時、「そこまでの覚悟か」と思い、僕はそれ以上何も言いませんでした。

蛇笏と親交が深かった芥川龍之介だっただろうか、作家になるか、なるまいか、ずいぶん悩んだと聞いたことがあります。あれほどの才能があっても作家になる時は迷ったという。自分の才能というのは案外自分では分からないものかもしれません。兄は文学が本当に好きだったのでしょう。その決意はよほどのものでした。

飯田家の五人兄弟は子どものころからよく一緒に遊んだ。「みんな得手不得手があって、キノコ採りは龍太兄が好きで得意でした。うちの山でも松茸が採れて、毎年、皆でシロに行ってよく採りました」と懐かしむ飯田五夫。兄弟との思い出は尽きることはない
＝横浜市の自宅（撮影・霜田圭吾）

兄が俳人になると決めたこと、自らの生き方は親父とは関係ないですね。まだ親父は現役でやっていました。自ら選んだ道です。やがて兄は親父の「雲母」を継ぎましたが、二人とも選に対する厳しい姿勢は変わりませんでした。兄は旅館にこもって選に没頭していました。「選が終わると小便が真っ黄色になってしまう」と話してくれたことがあります。親父も選には心血を注いでいました。

■子どものころ、龍太は竹の皮を売り小遣いを作っては本を買い、兄たちが読み終えた雑誌の〝お下がり〟を受け、読書に夢中になった。

兄は小さい時から本をたくさん読んでいました。僕

なんか、小学校に入学した時は「いろは」の「い」の字も知らないから、よく兄と比較されて「お兄さんはよくできましたよ」なんて言われました。

兄は作文も上手でした。「ポチの死」なんて小説のような題名で作文を書いて、校長先生が感激していました。ポチは飼っていた犬で兄弟がみんなでかわいがっていました。わりと大きな犬でした。作文の話はだいぶたってから、おふくろからも聞きました。おふくろは兄が書いた作文はみんな覚えていましたよ。小学校一年の時は「トミハルノハナヨメ」、二年から三年のころは「竹の太さ」といいました。樺太の俳人が何十年ぶりかにこちらに出てきて、うちの太い竹を見て「この竹は何年たっているんですか」と聞いた。竹なんて毎年のものなのに見たこともなかったのでそう聞いた。「竹の太さ」という題からして子どもがつける題じゃないでしょ。

■龍太は三三年、甲府中学（現甲府一高）に入学。後に同中学の下級生となった五夫の耳にも兄の文才に対する評判が届いた。

甲府中学では国漢（現在の国語科）の先生で「雲母」の今村霞外さんがいて、読めない生徒がいると「おい、飯田、読んでみろ」と兄を指名したそうです。国漢については天性のものがあったようです。大手出版社が行った全国テストの上位者の名前が雑誌に出たんだけど、それによく「国漢」の成績優秀者として兄の名前が載りました。ただ、数学は苦手でしたが……。

中学のころ、「好きな作家をあげるとしたらだれか？」と聞いたことがありました。即座に「井伏鱒二だ」と言いました。僕はあまりにも意外だったのでびっくりしたのを覚えています。兄と井伏先生は戦後、深い親交がありましたが、兄はお会いするずっと前から井伏先生に私淑していました。

■戦後、農業に打ち込んだ龍太は牛も飼った。地元の農業青年たちの先頭に立って食糧難の克服に挑んだ。

　何でもやり始めたら中途半端では済まされませんでした。ジャガイモの栽培法を、私が勧めて農業専門誌「農業世界」の懸賞論文に応募して一等賞になったこともありました。当時、兄は農業に打ち込んで、村の青年たちと研究会も開いていました。

　兄は戦前の浪人時代から朝顔の栽培にも凝っていました。戦後も続けました。色の善しあしは肥料だというんです。甕に菜種の油かすと水を入れ、数日すると腐敗が始まる。その臭いが凄まじいんです。その上澄みを取り出して肥料にして朝顔の鉢に撒きました。その前には、水を用意するのですが、家の井戸は鉄分が多いため肥料には向かない。そこで何日も雨水を甕に貯めながら肥料を作

1967年４月、境川村（現笛吹市）で開かれた第２回雲母全国俳句大会を前に一宮町（現同市）付近でピンク色に染まる桃畑に遊んだ（写真左から）榎本虎山、飯田五夫、永井龍男、井伏鱒二、小林富司夫、飯田龍太（飯田秀實さん提供）

りました。

今でもよく覚えていて不思議に思うことがあります。祭りで売っているのは行灯作りでしたが、兄はほとんどを盆栽作りに仕立てました。四つ葉がある程度伸びたら切ってしまう。そこに脇芽が出てくる。そこに四色の花が付きました。兄も不思議がっていましたが、それは見事でした。

兄は何でもとことんやらなければ済まないんです。ある時は、たい肥を運ぶためだと言って牛車を買ったこともありました。負けず嫌いの性格がすべてに表れていたのでしょう。百姓も一生懸命でした。でも、親父はそんなことに対して何一つ言わない。だいたい親子の会話なんてあまりなかったから……。俳句ももちろん勧めたこともないし、「やるな」とも言わない。また、兄の勘の良さというか、飲み込みの早さには驚かされました。空気銃もそれほど練習した訳ではないのですが、すぐにうまくなりました。ある時、「あの柿を落としてみるぞ」と言うと、隣家の柿の木に向かって撃ち放ち、一発で落としました。

文士たちに同行　濃密な時間

山廬には蛇笏以来、文人、文士が数限りなく訪れた。飯田五夫にも蛇笏や龍太を通して出会った文士との忘れ得ぬ大切な思い出がある。

一九六七（昭和四十二）年四月、境川で第二回雲母全国俳句大会が開かれた。龍太は井伏鱒二を通じて永井龍男に講演を依頼した。すると、井伏も同行すると言う。当日、永井の講演を前に行った井伏の「あいさつ」は熱が入り、永井の割当時間まで食い込んだ。

大会前日、東京から山梨まで井伏と永井のお供をしたのが横浜在住の五夫だった。龍太から頼まれ、永井を鎌倉の自宅まで迎え、新宿駅で井伏らと合流した。

そろそろ出発の時間、「将棋盤を持ってくるとよかったな」。井伏がつぶやいた。五夫は売店に走った。「まさかないだろうと思ったが、売っていたんです。将棋盤は紙製でした」。慌てて一セット購入し、座席に持って行った。

ところが車内でもあり、紙一枚の将棋盤は安定しない。五夫は再びホームを走った。発車の予告ベルが鳴った。ウイスキーの空き箱があった。やや堅めで都合がいい。「これ、ください」。店員がいぶかしげな顔をして差し出した。五夫は車内に駆け込んだ。「これはいい」。井伏と永井は満足顔だった。窓側に対座している二人が膝をつき合わせ両方の膝に空き箱を渡し、その上に紙の将棋盤を乗せた。

一局が始まった。永井は終始攻めた。「お二人ともお酒一滴も、つまみひとかけらも口に入れません。永井さんは攻め続けました。強引なほどの攻めで、井伏さんは持ち駒を増やしました。とにかく永井さんは攻める手をゆるめない。すさまじい攻勢。一方の井伏さんは守りの戦術でした」

列車が甲府盆地に入った。「永井君、ほら、桃の花が満開だ」。井伏が何度か永井に話しかけた。「あれは井伏さんが永井さんの集中力を切らせようとした心理戦だったんでしょうか」。五夫は振り返る。ところが、永井はその〝戦略〟にはまらない。盤をにらみ続けていた。井伏の声を無視した。そろそろ目的地の石和駅。永井が攻め勝った。

「君はあんなに見事な桃の花に目もくれないのか?」「井伏さん、そんなに駒を集めて頃合いを見て、一気に攻めるつもりだったんでは?」。二人の会話は小気味よく「一編の随筆を読んでいるようでした。文壇の巨人二人が狭い座席で膝小僧をつき合わせている姿は何ともほほえましい。今思い出しても楽しくなります。ところが二時間半にわたる一本勝負は真剣そのもの。お好きな酒もつまみも一切口にせず。時々、それぞれがつぶやく言葉が何とも言えず深い。濃密な時間を過ごさせてもらいました」。五夫は懐かしむ。

〈二〇一二年十月十一日、二十五日、十一月八日付掲載。聞き手・中村誠〉

推敲重ね原稿に妥協せず

鈴木豊一

すずき・とよかずさん　一九三六年上野原市生まれ。上野原中、都立立川高を経て明治大文学部卒。六〇年に角川書店へ入社、二〇一〇年に角川学芸出版を退社するまで角川グループに五十年間勤務。長年にわたり〝龍太番〟編集者として活躍。『飯田蛇笏集成』『飯田龍太全集』などを企画、編集したほか、「俳句」「俳句研究」編集長も務めた。著書『俳句編集ノート』で第十二回山本健吉文学賞受賞。現在、角川文化振興財団評議員。東京都杉並区在住。

鈴木豊一（上野原市出身）は、角川書店で〝飯田龍太番編集者〟として随筆や全集など多くの企画・編集に力を注いだ。長年の公私にわたる両者の深交。龍太との記憶は少しも色あせることなく、今も鈴木の心に深く刻まれている。

■飯田龍太の名を知ったのは戦後十年がたとうとする十九歳の時。五四（昭和二十九）年刊の『昭和文学全集』（角川書店）に作品四十一句と近影が掲載されていた。『昭和文学全集』は大学浪人時代の五五年、八王子（東京）の書店で買いました。龍太先生の句はすべて暗唱し、「新しき俳句の時代来る」という印象でしたね。内容は『百戸の谿』の代表句ばかり。一読して、清新な詩情と気品ある声調のとりことなったんです。近影は若々しく、さっそうとした印象。何とも格好良かったんですよ。

■角川書店入社後、エッセー集『無数の目』から、宿願の『飯田龍太全集』まで、龍太に関する多くの出版を手掛けた。

龍太先生の本で初めての出版は七二年、龍太第一随筆集『無数の目』でした。その後、『紺の記憶』『遠い日のこと』を出版。随筆集以外では、俳句総合誌「俳句」に連載した『俳句の魅力』、「俳句研究」連載の『秀句の風姿』、『鑑賞歳時記』全四巻など対談集を含めて十数点を出版しました。『紺の記憶』の奥付は九四（平成六）年七月二十日、龍太先生七十四歳の誕生日を十日過ぎてはいましたが、ひそかに先生へのお祝いの気持ちを込めました。彫刻家舟越保武の装画についても、大変喜ばれていました。

■「俳句」の編集は七四（昭和四十九）年夏から八〇年夏までの六年間。本誌のほかに増刊の読本や俳句辞典を企画するなど忙しい

「龍太先生との編集の仕事は充実していました。本当に光栄なことです」と語る鈴木豊一
=甲府・県立文学館（撮影・広瀬徹）

時間を過ごした。

「俳句」臨時増刊の読本のシリーズでは龍太読本を最初に企画したんです。蛇笏死後の龍太先生の仕事をずっと見てきて、これからは龍太先生の時代だと確信していました。「先生をまず初めに出させてほしい」と言ったら、龍太先生は「その企画は大変結構だ。俳句の底辺を広げることはありがたいことだから」と言ってくれましてね。自分のことではなく、俳句の普及を第一に考えてくれたのだと思います。その後に森澄雄、中村草田男など十数冊を出しましたが、その中でも龍太先生のものが一番よく売れました。

■編集者として、境川村（現笛吹市境川町）小黒坂の龍太邸「山廬」に足しげく通った鈴木。初の訪問は七一年二月のこと。当時愛読していた永井龍男ら作家の随筆集と同じような本を作りたいと考え、エッセー集の企画を打診した。初めて足を踏み入れた境川は日本の原郷のような懐かしさがあったと振り返る。

最初はもう、ただただあこがれでしたね。会うのが楽しみで興奮していた。仕事以外にも、龍太先生は「ここだけの話だけど」と俳壇をこき下ろしたり、「あの人のこれこれの本はおもしろかった」などと話したりするなど、とにかく話題が豊富で飽きさせないんです。

奥さまの手料理など夕飯をごちそうになったこともありました。「あなたがみえるというので、今朝自分で掘ったんだ」というタケノコの煮物。肉じゃがやサツマイモの天ぷらなど俊子夫人のおふくろの味は絶品でした。大ざるいっぱいの盛りそばも出してくれた。名物の煮貝を前に「これはこうして食うとうまいんだ」と話していたなあ。今思えば本当に無邪気でしたね。

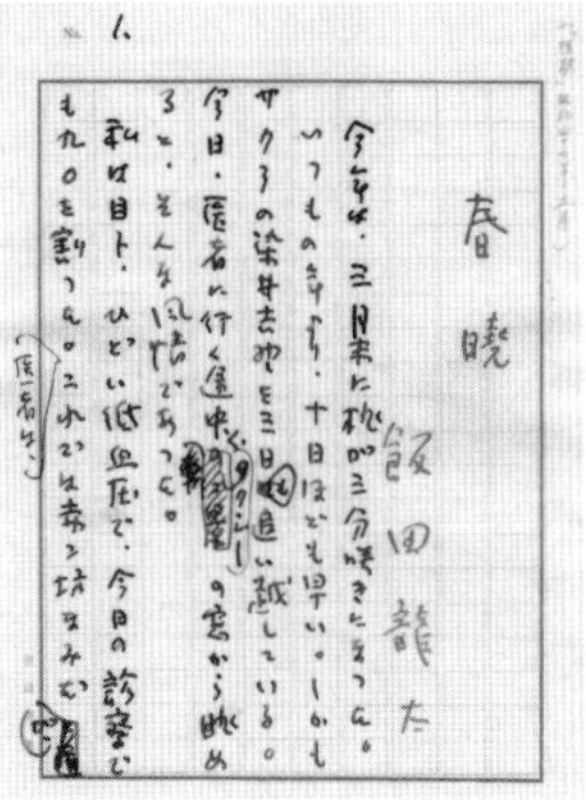

「短歌」（1972年５月号）に掲載したエッセー「春暁」の龍太自筆原稿。加筆修正の様子が見て取れる（鈴木豊一さん提供）

龍太読本の時は、広瀬直人、福田甲子雄、河野友人の三氏と先生を囲んで山廬で編集会議もしましたね。ビールと料理の後、奥さまの親子丼が出て、こんなにおいしい丼は初めて、と感動したものです。よく思うのですが、飯田家には来客を心からもてなす「賓礼」の美風が生きている。誰もが一度行ったらまた行きたくなるんですよ。でもね、いつまでも甘えてはいけない、と。「雲母」終刊の九二（平成四）年以降は、エッセー集などその他の出版企画の相談に行きましたが、甘えは卒業しようとブレーキをかけました。「親しみて狎れず」。龍太先生の好きな言葉です。

■俳人と編集者。いいものを世に出そうと、ともに原稿のやりとりに妥協はなかった。

「ここをこう直してくれ」「句の順番を入れ替えてほしい」などと、「俳句」や「俳句研究」でもよく変更や訂正の連絡をいただいた。やりとりは頻繁に

境川村（現笛吹市）の山廬後山での龍太（右）と鈴木豊一（左）＝1971年２月（鈴木豊一さん提供）

しましたね。推敲を重ね、妥協しない。本当にこだわりの強い方だった。

「俳句」七四年十一月号の巻頭作品を龍太、澄雄、金子兜太の三氏に頼んだことがありました。龍太先生から「作品がそろったので読んでほしい」と電話をいただき、十月十日に山廬へお伺いした。「母の忌に掃くや林檎の木の下も」「釣りあげし鮠に水の香初しぐれ」「短日の塀越しに甲斐駒ヶ嶽」などを「季節感があり、自然を大きくとらえたいい句ですね」と言うと、「それは僕も好きな句だ」とのこと。「うそ寒の口にふくみて小骨とる」「しぐれつつ油煠めも必死にて」について「先生には珍しい家庭的な句ではないでしょうか」と言うと「それは誰にでも詠める普通の句だね」と。先生の目の前で即感想を述べなければいけない。それはそれは緊張しました。でも忘れられない貴重な経験でしたね。

昭和俳壇を陰で支えた編集者

鈴木豊一の角川書店での最初の配属先は営業部だった。文庫本の勉強や書店棚の本の補充などに当たった。「市場調査など、その後歩んでいく上でいい経験になった」と、社会に飛び出したばかりの日々を振り返る。編集部に移ったのは入社三年後の一九六三（昭和三十八）年。以来、編集一筋で歩み続け、昭和俳壇の陰の立役者・名編集長といわれた。

俳句に関する最初の仕事は『図説俳句大歳時記』全五巻。菊倍判、一巻平均五七〇ページ、しかもそのすべてに写真を入れた「空前絶後の企画」だった。帰宅は連日のように午前零時を過ぎ、土曜日曜もない生活。「世の中のすべてが歳時記の材料に見えた」とまで鈴木は話す。

続いて『現代俳句大系』全十二巻（後、増補版として全十五巻）の編集。俳句に関する普及版をシリーズとして出そうと自ら企画。社長の角川源義に話すと「『そりゃ面白い。やってみろ』と乗り気になってくれた」。源義は飯田蛇笏、龍太のほか、「雲母」系の俳人の解説を書いてくれたという。

この大系企画を通して、ガリ版刷りの小型句集など俳句史から忘れられた名句集も日の目を見ることになった。蛇笏の句集では『霊芝』『雪峡』『椿花集』の三冊が入集している。

このうち、第十巻に収まるのが、鈴木が「戦後俳句の黄金期、収穫期」ととらえる龍太『百戸の谿』、森澄雄『雪櫟』、金子兜太『少年』など十九人の句集。特別評判がよい巻だった。

角川学芸出版を二〇一〇（平成二十二）年に退職するまでの五十年、編集者人生は喜怒哀楽の連続だった。「作家の獲得にしのぎを削る中、原稿を取るのが一苦労だった」。松本清張や藤沢周平、井上ひさし、遠藤周作らさまざまな文化人とつながり、そのうち何人かの連載がベストセラーにもなった。

「悔いのないように」。編集者として、そう心に決めて突っ走った半世紀。実り多い日々を述懐するその表情は充実感に満ちていた。

一言の断に重みと説得力

■「僕より僕のことを知っている人」。飯田龍太は雑談の中でこう話し、二人の名を挙げることがあった。一人が飯田蛇笏・龍太に師事した福田甲子雄、そしてもう一人が〝龍太番編集者〟鈴木豊一。作品はもとより、随筆などの著作や年譜は詳細に脳裏に刻まれている。編集作業当時の空気感は今もリアルによみがえる。傾倒した龍太句も、心に染みた一句一句が鈴木の頭に浮かんでくる。

龍太先生にはたくさんのすばらしい作品がありますが、中でも一九五四（昭和二十九）年刊の第一句集『百戸の谿』は、新鮮な叙情と青春性が横溢する古典的名句集ですね。

愛誦句といえば八一年刊の第八句集『今昔』の「去るものは去りまた充ちて秋の空」。これは「一月の川一月の谷の中」と同様、幼時からなじんできた山村風景への思いが、ふと口をついて出たという自然の摂理への共感があるように思うんです。そういえば、この句の半切は飯田龍太展（二〇〇八＝平成二十年）のおり、山梨県立文学館へ寄贈しました。

龍太先生は「勘」という言葉をよく使っていました。「作句にしても鑑賞にしても、勘が働いていない句はダメなんだ」「第一印象以前の、ぱっとした瞬間の、理屈以前のものが大事なんだよ」と。いい句には必ずそれが働いている。最初の印象を変えてはいけないということです。

■一刀両断、ズバリ言い切る龍太の発言もまた、鈴木の記憶にはっきりと残っている。七九（昭和五十四）年春、龍太と俳人高柳重信とのやりとりは印象深いという。

第三回現代俳句女流賞の授賞式が新宿・京王プラザホテルで行われた。式後、その日のうちに境川へ帰る龍太先生が甲府行きの特急を待つ寸刻、ホテルのラウンジで重信と俳論を戦わしたんです。理詰めの重信に龍太先生がこんな意味のことを言ったんです。「君の言うことは全体に難しすぎる。難解なことを平明に言うのがプロというものだ」と。すると重信はいかにもうれしそうに「そうなんだよなあ」とうなずいていた。「一言の断」を旨とする龍太先生の前に、重信の冗舌が不発に終わった、という印象でした。

龍太先生は「あれもこれも」ではなく「あれかこれか」。これこそ俳句の世界で、自身が書く文章でも適用していた。だらだら言い訳的な文章は書かない。その中で常に俳句とは何かを自問していた。人生とは、生とは、死とは、を俳句というところから考えていた。

龍太先生は自分の意見について「現在ただ今の考えを正直に出すんだ。明日はどうなるかわからない。矛盾しても責任はとらないよ」とも言っていました。だからみんな魅力に思うんでしょうね。真実への洞察力が蓄積され変容して、それを大事にしていった。そこに重みと説得力が生まれるのでしょう。

■境川生まれの龍太と上野原生まれの鈴木。偉大な俳人として、鈴木は龍太に畏敬の念を抱くが、同郷人としての思い入れも当然ある。

「雲母」の甲府句会の後はよく、編集部の人と龍太先生とで（甲府市の）岡島百貨店近くの居酒屋や焼鳥屋に行っていました。私もお誘いを受け参加しましたが、句会講評の延長のような話で盛り上がりましてね。その後です。私は鈍行電車で上野原まで戻るんですが、石和まで帰る龍太先生と二人で電車に乗る。「今日はよかったですねえ」などと話していました。距離はわずかですが、私にとっては濃い時間でした。

国中と郡内の違いはありますが、同じ山梨出身ということで親近感はもちろん感じていました。編集者としては「龍太先生にうべない通す」が心構えでしたが、常に信頼や親しみの感情も込めて龍太先生を見ていましたね。

■龍太が実作の一線から退いた晩年も、鈴木は公私にわたり飯田家と関わった。龍太が他界した二〇〇七（平成十九）年二月二十五日当日、鈴木は龍太を見舞っている。

龍太先生の最期、秀實さん（龍太の長男）から連絡をもらい、病院に駆け付けました。病室に入ると、先生は酸素マスクを付けていた。「おやじ、おやじ、鈴木さんが来たぞ」と秀實さんが言ったとき、気のせいか、かすかにうなずかれたような感じがしたんです。印象的な場面でしたが非常に僭越で、不遜な気持ちがぬぐえませんでした。

龍太先生は生前、心に尊敬する人を持つことの大切さを説いていました。先生の他界によって、これからはその著作を

境川村（現笛吹市境川町）の山廬での龍太（左）と俊子夫人（右）、鈴木豊一（中央）=2001年４月（鈴木豊一さん提供）

遺言として心に刻んでいこうと思いました。先生の全集を出させていただいた僥倖をあらためて感謝しています。

■鈴木には龍太から託された「生き形見」がある。龍太が愛用していたモンブランの万年筆だ。

○五年四月二十五日、先生が最も信頼していた福田さんが亡くなった。その翌月の五月十一日、先生から全集完結への謝辞や「生き形見だから受け取ってほしい。収めといてくれ」という言葉が記された手紙と一緒に送られてきたんです。何か感じるところがあって、身辺整理を始めていたのでしょうか。今も大切に持っていますが、大事なことを書くときには愛用しています。ペン先が柔らかく、実に書きやすい。一本の万年筆が刻苦勉励の先生の姿をほうふつさせ、身の引き締まる思いがするのです。

「一九九八年、私の家内が銀座のギャラリーで絵画の個展を開いた。龍太先生に『ぜひ見てみたい。いつまでだ』と聞かれたが、もう終わっていたことを告げると『残念だなあ』と。後日、家内の竹の子の油絵を持って二人で山廬に伺ったこともありました」。龍太との思い出を懐かしそうに話す鈴木豊一　＝甲府・県立文学館（撮影・広瀬徹）

龍太、澄雄、兜太　本音交わした鼎談

一九二〇（大正九）年生まれの飯田龍太と一九年生まれの森澄雄、金子兜太の、戦後俳壇をけん引した三人の俳人。鈴木豊一はそのイニシャルから三人を「俳壇のR・S・T」と名付けていた。

八八（昭和六十三）年一月から二年間、俳句総合誌「俳句研究」に鼎談が連載された。三氏の本音の連続に反響は大きかったたが、この企画は、そもそも龍太の提案がきっかけだったと鈴木は明かす。「『最近ちょっと俳句研究に活気がないぞ。もし澄雄と兜太が賛成なら、月一回くらいなら出て行くがどうだ』と。大変ありがたい言葉だった」

鼎談では、俳句観などに関して三者三様自在に意見を重ね、鈴木は「興奮しながら聞いていた」と述懐する。それまでの付き合いや鼎談から、鈴木は龍太に「純粋芸術」を、兜太には「土俗前衛」の側面を感じていたという。ある時、兜太にそんな話を振ると「『あんたは龍太派だろうけど、野放図な句が長生きするんだよ』などと言っていた」。鈴木が懐かしそうに振り返る。

ある鼎談の合間には、珍しく政治の話になったことがあった。竹下登内閣時代に全国の市町村一律に配分された一億円の「ふるさと創生資金」について、龍太が「これは悪政の最たるものだ。これによって日本の荒廃は一層進む」と指摘。それには澄雄、兜太も賛成し、「珍しく三人とも同意見だった」（鈴木）という。

最終回の会場は龍太の発案で石和常磐ホテルだった。快晴の石和から、大菩薩峠や奥秩父の山々、南アルプスの峰々が見え、兜太と澄雄は感激していたという。この時のテーマは「俳人の生きかた」。鈴木は「みな六十代

の終わり。おのずから老年の艶と我執が話題になっていた」と回顧する。

和気あいあいと話は弾み、いつの間にか山梨出身の山本周五郎、深沢七郎、山崎方代らの話題になっていたことを鈴木は覚えている。「孤高の人たちの一匹狼ぶりを絶賛していて、兜太さんはこうも言っていた。『飯田龍太も一匹狼だよ』と」

角川源義への信頼と敬愛

■「好きな俳人は誰か」――。一九六〇（昭和三十五）年角川書店に入社することになる鈴木豊一は前年の最終就職面接で、こう問われた。目の前には社長で俳人の角川源義がいた。当時のやりとりは半世紀たった今も鮮明に覚えている。
社長室でそう問われ、「飯田龍太です」と即答しました。その後はこんな問答です。「龍太かあ、あんなに透明になって、この先どうなってゆくんだろう」「大丈夫と思います。名人は危うきに遊ぶと言いますから」「蛇笏はどうかね」「ちょっと古くさい感じがします」「君はまだ蛇笏さんのよさがわからんようだね」と。源義は蛇笏を心の師と仰ぎ、早くから「蛇笏俳句鑑賞」を書いていました。そんな傾倒ぶりを知ったのは入社後間もなくでした。
■源義は一九六七年、蛇笏賞を創設。蛇笏没後五年目のことで、同賞は以後、俳壇の最高賞と位置付けられている。

創設直前、源義は龍太に話を持ち掛けた。

創設前の六七年春ですかね、飯田橋（東京）の天ぷら屋だったと思いますが、源義が上京した龍太にさりげなく話を切り出したそうです。「こういう賞をやろうと思っている」と。仁義を通したのでしょう。龍太先生は「一切口出しはしない。遺族としては光栄だし、あなたの思うとおりにやったらいい」と言ったそうです。

■蛇笏を心から敬っていた源義。第二句集『秋燕』のあとがきに「私が飯田蛇笏翁の高風を慕つたのは、近代俳句の立句の最後の人と思つたからである。近代俳句もここまで来ると、立句以外は俳句でないとは云ひきれない。しかし、立句の見事さを忘れては俳句が語れないのだ」などと記されていることからも、その思いの深さがうかがえる。

源義は父親像を蛇笏に見ていたところがあるように思うのです。蛇笏の全人格にほれ込んでいた。尊敬の念を絶やさず、信奉していたとも言えるでしょう。源義は蛇笏の葬儀に参列した折、「篁に一水まぎ

山廬後山での飯田蛇笏（右）と角川源義（飯田秀實さん提供）

る秋燕」と詠んでいます。山廬の竹林と狐川と帰燕に託して永別の悲しみをうたったものです。句集『秋燕』にちなんで、源義の忌日を秋燕忌と呼んでいます。

■一九七五年十月二五日、龍太と鈴木は入院中の源義を見舞っていた。この時の心情を龍太は句に詠み込んでいる。

その日は新宿駅で龍太先生と落ち合いました。京王デパートでランの花かごを求め、入院先の東京女子医大病院特別室に源義を見舞ったんです。この時すでに昏睡状態。龍太先生は源義の耳元へ顔を寄せ、「角川さん、飯田龍太です。境川の龍太です」と繰り返していました。しかし酸素呼吸器の音だけがむなしく響くばかり。二日後の二十七日、永眠。享年五十八でした。

龍太先生の句に「花さげて虚しき秋の影法師」というのがあります。「重態の角川源義氏を見舞ふ」という前書がついているんですね。「雲母」でこの句を見た時は目頭が熱くなりました。後に入院していた龍太先生をお見舞いした時、この句を思い出しましてね。源義の臨終の時の心情と重なったんです。

■源義の通夜。焼香の後、鈴木は龍太らと井伏鱒二宅に向かった。源義追悼号の原稿依頼での訪問だったが、この日のことは自戒の念も込めて深く心にとどめているという。

通夜の焼香がすんだ龍太先生に誘われ、福田甲子雄さんと私の三人で、通夜会場から遠くない井伏先生宅に伺ったんです。私は抜け出した通夜の手伝いにすぐ戻るつもりだったので、棚にかばんをひょいと置いて行ったんですね。私が井伏先生に「実は源義の追悼号に原稿を書いてほしい」と言ったら、龍太先生も「井伏先生よろしくお願いします」と言ってくれて快諾を得ました。

「角川源義は亡くなる前年の一九七四年夏、照子夫人と一緒に山廬を訪ねているんです。龍太夫妻の心のこもった歓待に感激していました」などと語る鈴木豊一＝甲府・県立文学館（撮影・広瀬徹）

私はつい気をよくして「通夜の手伝いの途中ですので、ここで失礼します」と言ったら、途端に井伏先生の顔色が変わって「そういう付き合いなら原稿のことはなしにしよう」と井伏先生がトイレに立った。龍太先生が「今夜は覚悟を決めて徹底的に付き合いましょう」と言われましてね。全身から血の気が引く思いでした。

実はその日以前に長野県富士見町の井伏先生の山荘へ伺った時、思いもかけないもてなしを受けたこともあって、つい甘えがでたというか、親しんで狎れがでたんですね。井伏先生の「句集原稿のこと」は「俳句」の角川源義追悼号（一九七六年二月号）の巻頭に載せました。見本をご覧になった龍太先生からねぎらいの電話をいただいたことが思い出されます。

■編集者として歩んできた鈴木には肝に銘じた言葉がある。「いい仕事は忙しくて大変な時にしかできない」。源義が口酸っぱく言っていた寸言だ。

何度言われたでしょうか。その度に「楽をしては自分のためにはならない」と厳しい道を選んできたつもりです。例えば『図説俳句大歳時記』では、季語の写真を収めるだけでなく可能な限り撮影地名を入れるなど、この仕事は二度とできないと考えて、手間暇を惜しむな、というわけです。泣き言は厳禁でした。
そういった中で、一九九四（平成六）年、龍太先生の監修により『飯田蛇笏集成』全七巻を企画編集したことは、いささか源義の遺志を継いだ「いい仕事」になったのかと思っているのです。

山梨を豊饒にする蛇笏、龍太の文学

編集者として〝龍太番〟を長く務めた鈴木豊一だが、飯田蛇笏に対顔したことはなかった。ただその句を鑑賞して思うところがある。晩年の句作から感じる「軽み」に、鈴木は新たな蛇笏像を見いだしている。

第九句集『椿花集』最後の句である「誰彼もあらず一天自尊の秋」。一九六二（昭和三十七）年作のこの句に、鈴木は松尾芭蕉が唱えた軽みを見る。「生きとし生けるものすべてですね。自尊は一種の自愛。尊大ではなくてね。飾ったりせずストレートに叙している。まさに軽みだと思うのです」

蛇笏というと、「芋の露連山影を正しうす」「くろがねの秋の風鈴鳴りにけり」など、「蒼古重厚、格調正しい立句の名手」（鈴木）という感じで語られるが、作家は変貌するものと鈴木は考える。

『椿花集』を含め、第八句集『家郷の霧』でも蛇笏に軽みが訪れていたととらえる鈴木。軽く生き、軽く詠む。「軽みという視点で、晩年の新しい蛇笏像が生まれるのではないでしょうか。軽みを老年の救いとして考えると、もっと俳句の軽みを見直してみてもいいんじゃないかと思っているんです」

芭蕉が晩年の孤愁の中で軽みの境地に至ったように、「蛇笏もまた、老年の悲愁の中で新たな句境に到達した。

これは芸術家の不変の真理だと思うのです」。前述の二句集に『雪峡』を加えた「老境三部作」は、今でも鈴木の愛読書だ。

蛇笏に親しみ、龍太と歩みをともにした鈴木。「この人がいなかったら寂しいだろうなと言えるのが、山梨では蛇笏・龍太だと思うんですね」と語る。

山梨に生まれ育ち、そこで生涯を終えたこの二人がいることで、山梨の自然と風土は、常に新しい感動を人々にもたらしてくれるのだという。「自然は芸術に恵みを与え、芸術もまた自然に貫禄を加える、と龍太先生は言っています。蛇笏・龍太の文学が、山梨を豊饒にすると、私は信じているのです」


〈二〇一二年十一月二十二日、十二月六日、二十日付掲載。聞き手・田中喜博〉

「親父の宿題」句作に熱中

中村時雄

なかむら・ときおさん　一九六八年、現在の県歯科衛生専門学校の創立にも尽力した。校長も歴任、二〇一一年秋、九十歳まで教壇に。〇三年、県政功績者。山梨ホスピス協会の運営にも参加した。妻喜四子さんは、信仰の道に導いた親友・入江義伸さんの妹。結婚後の繁忙な六十五年間を支えてきた喜四子さんの運転で、今も講演などで各地をめぐる。現在、中村歯科医院は長男宣夫さん（日本歯科医師会理事）が三代目院長を務める。

甲府市中央二丁目の中村時雄は二〇一三（平成二十五）年三月で九十二歳。一九三五（昭和十）年、旧制甲府中学（現甲府一高）三年で飯田龍太と机を並べた。将来の夢を語り合った日。休み時間、懸命にノートに向かう龍太の姿が今も鮮やかに浮かぶ。歯科医として送られた戦地で凄惨な現実を目にし、戦後は同じく歯科医として地域医療の向上に尽力、牧師も長く務め永遠の平和を祈った。激動の時代、苦難の道を歩いてきた。心が沈む時、時雄の脳裏に青春の記憶、龍太との思い出は何度もよみがえった。

■時雄は二一（大正十）年三月十一日、甲府市桜町（現中央二丁目）で歯科医院を開業する父國夫と母友恵の長男として生まれた。三三（昭和八）年、時雄は甲府中学に入学した。戦時色が濃くなっていた。

三年の時でしたか、下級生にゲートルを巻くことが義務づけられ、巻いていないと厳しく叱られていました。戦争が激化するにつれ、家の近くの舞鶴城内に畑が作られ、近所の人たちが県民向けの生産を始めました。学校から二キロ圏内は徒歩通学が義務づけられ、私も歩いて通いました。通学途中、城内が日に日に畑に変わるのを見ました。

強行遠足は懐かしいですね。当時は制限時間の二十四時間で行ける所まで行く。北アルプス山麓の大町（現長野県大町市）まで行った猛者もいました。私は親戚が住む上諏訪までと決めていました。出発は夜中。しばらく行くと、いたずら好きの生徒が、理髪店の前に置かれた看板を数十メートル離れた別の店の前まで運んでしまう。それを仲間が「よくやった」なんてはやしたてるので、また図に乗って……。楽しかった。た

甲府中学時代の飯田龍太。円内は中村時雄（写真上）、写真下は龍太と俳句を通して親交があった藤嶋一郎（『甲府中学昭和十三年卒業アルバム』より）。「同級生や先生のことはよく覚えています。みんな個性豊かだった。藤嶋君のことも思い出します。すらっとして誠実な人でした」と中村は話す（写真提供・飯田秀實さん）

だ、普段の学校は規律が厳しく、喫茶店に入っているのが見つかれば一週間程度の停学処分でした。

■甲府中学には長く在職する教師も多く、兄弟で同じ教師に学ぶ生徒もいた。国漢科の今村大法は二三（大正十二）年から四一（昭和十六）年まで在籍、龍太や兄聰一郎、弟の五夫も学んだ。俳号は「霞外」。蛇笏高弟として知られ、若草町（現南アルプス市）の古刹・法善寺住職でもあった。

一、二年生のころ、国漢の教科書に蛇笏の句が掲載されていた。授業で取り上げられ、同学年に、蛇笏の息子である龍太君がいることを知りました。国漢の今村先生が話されたのでしょうか。私は一度、仲間とともに法善寺に遊びに行ったことがありました。今村先生は物静かな方で、たいへんな教養人でした。先生と生徒の関係は今のようにはくだけていませんが、つながりは強かったですね。国漢では今村先生以外に小尾鳩三先生をよく覚えています。積極的で気力のみなぎった方で、授業の中で必ずご自分の意見を話してくれました。龍太君も後年、小尾先生の思い出を懐かしく振り返っています。ほかに、青木甲子男先生は英語の授業にとどまらず、当時の世相全般、西洋思想などにも及びました。それをいつも教訓めいた話で締めくくっていました。

■三五年、時雄と龍太は三年に進級。初めて同じクラスになった。この年、野球部が甲子園に初出場。甲府中学にとっては記念すべき年となった。

三年になってすぐだったたか、龍太君と席が隣になりました。同級生の中には五年を待たず四年を終えた後、上の学校へ進学する人がいました。このため、三年になると、クラスの中では進学のことが絶えず話題になりました。隣の龍太君と進学の話になりました。私が龍太君に「文学の道に進むんだな」と聞くと、龍太君は私に「君は歯医者か」と、そんなことを話していました。私が龍太君に確信を持って「文学の道」と言ったのには理由がありました。

隣になったばかりの時でした。休み時間になると、龍太君は一冊のノートを広げ、何かをしきりに書き付けていました。そんなことが、休み時間のたびに何度もあったので、ある時、龍太君に聞いてみました。すると、龍太君は俳句だと答えました。ところが、それは普段の休み時間だけではありません。試験の最中の休み時間でも……。周囲が試験直前まで勉強のノートを見直しているのに、龍太君は、英語であろうが、数学であろうが、次にどんな試験科目が待ち構えていようが、問題用紙が配られるまで俳句のノートに向かっていました。

■どんな達人にも初学の時代がある。龍太は習作や初学の時代について多くを語らなかった。第一句集『百戸の谿』に収めた「昭和二十年以前」の作品もわずか十四句。若き日の膨大な句を落とした。青春の感傷に流されず、自選に臨み「良い句か否か」を貫いた。自らを律する厳しさは若い時から徹底していた。

ある時、どうしてそんなに熱心に続けているのか、聞いてみました。すると、龍太君は「一週間に二十句作るように、親父から宿題が出ているんだ」と言いました。細かいことは分かりませんが、どうやら、その宿題は最近出始めたのではなさそうでした。私は感服したという以上に、身震いするほどの凄まじさを感じました。そのころの私たちは、親に反発する年頃でしょう。自分だったら〝親父の宿題〟なんて絶対に受け入れない。ところが龍太君は嫌な顔一つ見せず、厳しい顔つきで俳句を作り続けている。むしろ、その時間を楽しむかのように夢中になって。言葉には出さないが、龍太君の口調には父親に敬服する気持ちがにじんでいました。

■当時の句帳も「親父の宿題」を裏付ける資料も今はない。もしかすると、龍太は誰にも言わず句作に励み「親父」はその口実だったのかもしれない。だが、「親父の宿題」と言った龍太の言葉は時雄の耳に偽りなく聞こえ、ノートに向かう姿は強い印象となり今も鮮やかによみがえる。

戦後、俳壇の第一人者として、龍太君の名声が聞こえるたびに、休み時間、ノートに向かう若き日の龍太君の姿が浮かびました。あらためてあのころを振り返り思いますが、龍太君は中学生であっても既に俳人としての姿勢、俳人として成る覚悟のようなものが備わっていたのではないでしょうか、俳句を

「同級生も年々減り寂しい。最近、甲府中学時代、同じクラスの同級生が撮った軍事教練の写真が出てきました。後ろ姿で分かりにくいですが、この写真の中、どれかが私であり龍太君なんでしょうね」と振り返る中村時雄。背筋を伸ばし足早に歩く。ほぼ毎日、約一時間のウオーキングを欠かさない
＝甲府市中央二丁目の自宅（撮影・靏田圭吾）

作る執念というか。特に、蛇笏・龍太という親子は、俳句にいたっては普通の親子関係を超えていたのでしょう。今思い起こしてみても、世俗を超越したものをあらためて感じます。

戦争体験詠んだ自句が生きる支えに

「戦中、俳句を作りました。家族以外には誰にも話したことはありませんでしたが……」。中村時雄が照れくさそうにこう打ち明けた。「戦後、苦境に立つたびに心に句が浮かび、励みにしました」。戦争は生き残った人々の運命も変えた。飯田龍太は二兄の病死後、長兄と三兄が戦死、家長になった。時雄は歯科医であるとともに、牧師になった。

三八（昭和十三）年春、時雄は東京歯科医学専門学校（現東京歯科大）に入学。同級生の入江義伸（一九九〇＝平成二年死去）を無二の友に得た。義伸は敬虔なクリスチャン。時雄も義伸と教会に通った。三年生の聖夜、時雄は洗礼を受けた。信仰と勉学に励んだ。四年生の夏、卒論が学内一位になり、後に専門誌も掲載した。

同じ年に太平洋戦争開戦。時雄らは繰り上げ卒業、軍隊に入った。重機関銃の訓練は小柄な時雄にこたえた。重さに耐えきれず左手親指の関節が外れたまま適切な治療も行われなかった。手は今も変形している。

約一年後、幹部に卒論の存在が知られ、異例の「将校適任証」が与えられた。戦場で顔のけがは多い。特に、あごの治療は口腔外科の専門知識をもつ歯科医が必要だった。連隊内の試験を十数人が受験、時雄一人が合格、外地に送られた。

病院着任前には、軍幹部による捕虜の虐待を目の当たりにした。「人力車に乗る芸者を見た。軍幹部の兵舎に行くという。兵が苦しみ死に絶える一方で、幹部の一部は享楽におぼれている。戦争の残虐さ、人間の罪深さを知った」

病院は器具も不十分で、抗生物質も研究途上で使えず、医療態勢は劣悪だった。

アカシヤの花降り壕を掘り進む　梔子

梔子は時雄の俳号。治療に追われる一方、塹壕も掘らされた。ある日空襲が襲い、壕で一人の兵隊と一緒になった。爆撃が過ぎ、真横を見ると、兵隊は死んでいた。鉄兜の中に女性宛ての封書が挟まれていた。「母親だったのか、奥さんだったのか……」

終戦から約一年後の四六年夏、帰国した。故郷は焼け野原。自宅も失った。

焼け跡の瓦を叩く時雨かな　梔子

東京の教会に行った。牧師は空襲で亡くなっていた。「生き残った人には責任がある」。牧師の妻の言葉が響いた。牧師になることを決めた。日本キリスト教団南甲府教会の設立に尽くした。信者の家族が事務所を提供してくれた。以後四十年、牧師を務め、若い三人を牧師に育てた。

「語り継ぐことは生き残った人間の責任です」。時雄は機会あるたびに戦争体験を伝えた。自らの句もよく口にした。「戦後、自分の中で、俳句は戦争の不条理を表す証しであるとともに、生きる力にもなりました。龍太君に出会わなければ俳句はありません。時を超えた贈り物のような気がします」

〈二〇一三年一月十七日付掲載。聞き手・中村誠〉

戦時下の青春　句作に専心

太田　嗟

おおた・ああさん　本名・太田浩二。一九二一年、恵那郡中津川町（現岐阜県中津川市）生まれ。四二年「ホトトギス」初入選。終戦直後、松本たかしに師事、深い親交を結んだ。たかし没後は橋本鶏二に師事した。現在、「恵那」主宰。八〇年度、恵那俳句会は岐阜県芸術文化奨励受賞。句集は『厚朴』『夜庭』。恵那山を仰ぐ中津川の自宅（恵那発行所も）に妻・光子さんら家族とともに暮らす。

岐阜県中津川市の俳人太田嗟は俳誌「恵那」（会員約二百五十人）を主宰する。飯田龍太とは國學院大国文科の同級生で、戦争が激化する中、二人は同じ句会に通い、切磋琢磨した。太田は現在、俳人協会名誉会員、二〇一三（平成二十五）年九十二歳になる。二人は戦後も友情の絆で結ばれ、それぞれの道を歩みながら、俳句一筋に生きてきた。太田が龍太と過ごした青春の日々、友情の軌跡を振り返った。

■太田嗟は父貞、母とみ江の次男に生まれた。貞は高松出身で中津川病院の眼科医。祖父も高松で医師をしていた。貞は若いころから俳号「如水」を名乗り、俳句を作った。

私が子どものころ、家には俳人がよく来ていました。父は若いころから原石鼎さんと親しく、高浜虚子さんの「ホトトギス」に入会しました。文武両道の人で、柔道も強く、警察官に教えるほどでした。私は一九三九（昭和十四）年に旧制恵那中（現岐阜県立恵那高）を卒業し、満州（現中国東北部）の大学で働きました。その後一年間受験勉強をしましたが、そのころから俳句も本格的に始めました。四一年に國學院大国文科に入学しました。学生時代、私は結社に所属せず、「ホトトギス」や「馬酔木」「鶴」「鹿火屋」など、書店に並ぶ俳句雑誌に手当たり次第投句していました。「雲母」にも投句し、「武蔵野に住み嘆かる、春の塵」「下りたちし庭下駄にある暑熱かな」などが掲載されました。ほかにもありましたが、粗末な句なので恥ずかしい。蛇笏先生はそうした拙い句まで丁寧に添削して、選に入れてくださった。こんな句でも何とか手直しして一応見られる作品に仕上げていただいた。

中津川は中山道・木曾路の宿場町。周囲には山が連なる。「甲州も中津川も夏の暑さ、冬の寒さ、どちらも厳しい。だが、それゆえに俳句の風土としては恵まれているのかもしれません」と太田嗟は話す
＝岐阜県中津川市中津川

■龍太は四〇年四月、國學院大国文科に入学した。ところが、翌四一年四月、肺結核の疑いがあり、休学して帰郷した。その間の療養中、句作を続けた。四二年四月、大学二年に復学した。

当時の国文科は一学年一クラスでした。二年生から龍太さんと一緒になりました。龍太さんは色白の顔が印象的で、その中にパッチリとした目が輝いていました。一方で、ひ弱そうにも見えました。実際に病弱だったせいでしょうか、あまり学校には来ることはなく、学校で互いに話をしたという記憶がありません。

先生では金田一京助先生や折口信夫先生（釈迢空）らの印象が強く、金田一先生は授業の途中で、アイヌ語を教えてくれることもあり、興味を持ちました。金田一先生からいただいた手紙を今も大切にしています。息子さんの春彦さんも親しくしていただき、こちらに来て講演もお願いしました。折口先生の授業は、題を出して歌を作らせました。先生がその場で評を加えました。（後には）久保田万太郎さんも教壇に立っていました。龍太さんは行かなかったようですが、授業の一環として、軍事教練もあり、富士山麓まで行ったことがありました。

私は学内で、森田峠君（一九二四＝大正十三年生まれ、後、俳誌「かつらぎ」主宰）と句会を始めましたが、龍太さんは顔を出されませんでした。龍太さんとは、どういう経過で知り合ったのか、よく覚えていませんが、私

一九四〇年、國學院大国文科に入学した飯田龍太（写真手前）。翌年春には肺病になり休学した。六月に次兄數馬、十一月に祖母まきじを亡くすなど、不幸が続いた。しかし、この間にも句作は続け、一年後に復学した（写真提供・飯田秀實さん）

が俳句雑誌に投句していたのが、龍太さんの目にとまったのがきっかけだと思います。ある時、龍太さんから「浩二（嵯の本名）さん、青光会という句会があるから行きませんか」と誘われ、青光会に参加するようになりました。

■青光会は横浜の「雲母」の若手らが始め、龍太長兄の聰一郎（俳号・鵬生）も参加した。西島麦南の指導を仰いだ。嵯は、これまでの龍太の手紙を大切に保管している。次のはがきは青光会に一緒に行くことを約束した手紙である。「前略　二十五日の会に出席する為の落合せる場所を約束する事を失念しました。二十五日午後一時より始める事にしてありますので十二時に食事をすませて東横百貨店下、改札口前でお会ひする事に致しませう。ハチ公銅像のある省線改札口の方ではありません。私は十二時一寸前ぐらいに行く積りで居りますから。草々（八束氏は野営の為不出席の見込）」（一九四二＝昭和十七年十月二十三日消印、嵯宛龍太書簡）

当時、私は三鷹、龍太さんは世田谷の弦巻町（長兄聰一郎宅）に下宿し、互いに離れていました。そこで、会場の横浜に行くため、東横線の渋谷駅の東横百貨店は落ち合う場所としてちょうど良かった。この手紙では「食事をすませて改札口前で落ち合う」とありますが、二人で早めに会い、百貨店最上階の大食堂で食事をすることもたびたびありました。青光会で麦南選に入った私の句の一つに「秋晴れの街一望の卓占むる」があります。今となっては恥ずかしい句ですが、最上階で龍太さんと食事しながらできた懐かしい句です。

句会が開かれた横浜の建物は尖った屋根だったのを覚えています。会員は十人ほどで、当日の出席者は十人以下のこともありました。それぞれ五句ずつ出し合いました。二時間ぐらいはやっていたでしょうか。会が終わると、（指導者の）麦南さんが二人を喫茶店に連れて行ってくれました。帰りの列車を待つ間、麦南さんの話をうかがいました。麦南さんは一九四一年に第一句集『人音』を発刊し、私も購入して読んでいました。だから私も麦南さんのお話を夢中で聞いていました。もちろん話も俳句のことばかり。特に麦南さんは二人を前に川端茅舎のことを熱心に話されていました。内容は忘れましたが、「茅舎が……」「茅舎が……」という麦南さんの声は今でもはっきりよみがえってきます。

■「雲母」には青光会の句がたびたび掲載された。四三年十二月に入隊する嵯が「雲母」で龍太と句を並べたのは同年十二月号「雲母」の次の作品が最後とみられる。嵯二十二歳、龍太二十三歳である。

青光会

合歓の昼潤声雷をともなへり　麦南
園丁に午下の軽雷雨こぼす　同
暁け空の舗道に垂る、毛虫かな　重朗
雷つよく沖洲は雲の渦巻けり　木兎
白蓮のさ、みづ澄める茜雲　龍太

菜園に雷雨の逸れし暑さあり　嵯

群れあそぶ池のひめ鱒毛虫落つ　麦生

霽れの土しっとりと毛虫逼ふ　原濤

死を覚悟、戦友に託した句帳

太田嵯は大学三年の一九四三（昭和十八）年十二月、学徒動員された。本籍が高松だったため高知で入隊。毎日、山中で陣地造営を続けた。隊には文学好きな若者も多く、すぐ友になった。嵯は句帳を懐に折々ひそかに句を書き留めた。やがて戦局が厳化、外地への出征命令がいつ下るか分からない。明日をも知れない命。嵯は「生きた証しとして」句帳を友に託した。地元高知の人だった。

一九四五年の正月は山中深くトンネルの中で過ごした。八月六日、嵯は二十四歳の誕生日を迎えた。その日、陣地を機銃掃射爆撃が襲った。「同じ日、広島に新型爆弾が落とされたことを後で知った。私たちを急襲した敵機は原爆投下した米軍機の一群だったに違いない。すさまじい空襲が私のすぐそばを直撃したが助かった」。やがて八月十五日の終戦。山中で玉音放送を聴いた。

嵯は無性に俳句を学びたかった。九月、中津川に帰郷後、十二月に上京。師は「ホトトギス」の代表的俳人・松本たかしと決めていた。久我山の松本家に直行、即座に入門した。たかしの父で能楽師の長《ながし》は中津川に縁があり、たかしもなじんだ地。嵯の父で「ホトトギス」の俳人如水もたかしと親交があった。

以後、嵯は松本たかしのもとで「ずいぶん厳しい修業」を重ねた。上京した嵯は大学に復学した。四九年に卒業、帰郷し、開校したばかりの中津川二中の教師になった。新しい生活がスタートした。光子との結婚も、嵯に大きな力を与えた。終戦、復員、上京、帰郷……。慌ただしい日々が続き、句帳のこともいつしか忘れてしまっていた。

中津川二中のほか、高校の教師も長く務めた。戦後しばらくたったころ、修学旅行で高知に行くことになった。戦中のことがよみがえり、友の顔が次々と浮かんだ。

互いの消息をどのように知り、再会したのだろうか、遠い記憶になった。懐かしい友が宿泊先に訪ねてきてくれた。おそらく戦時中以来の再会だったはずだ。友は一冊の句帳を嵯に渡した。「未来の見えない日々、死を覚悟した私にとって句帳は自らの生きた証し。形見として友に託したものでした。それが生きて再び手にすることができた。感無量でした」

嵯は五七年から、地元の俳誌「ひこばえ」（七二年「恵那」に改名）の主宰を務め、現在に至る。句帳を届けてくれた友は高知の仲間を誘い、「恵那」に入会、嵯を盛り立てた。俳号は妻鳥玉雲（本名・季男）。嵯より二歳年上。二〇一一（平成二十三）年九月に亡くなった。「妻鳥さんは、穏やかで優しい方でした。私は、戦前戦後を通じて龍太さんや妻鳥さんをはじめ、俳句を通じてたくさんの友人に恵まれました。俳句が私の人生をどれほど豊かにしてくれたか分かりません」

四十四年ぶり再会　変わらぬ気品

■國學院大在学中、右肋骨カリエスが判明した飯田龍太は一九四三（昭和十八）年二月、山梨県病院（現県立中央病院）に入院した。手術は成功した。太田嗟に宛てた手紙は短い文面ながら、復調を伝える趣旨だが、話題はやはり俳句に。「冠省　二十五日退院して其の後も大変順調に快復し現在では殆んど心配ない程度になりました。未だ一日置きに通院して居りますがそろ〱その必要もなくなりませう。のんびりして居ります。先般の作品は大変結構だと思ひます。今迄では一番そろつて居るやうに思ひました。就中蝶の句はすきです。登校は大体六月の予定ですが、近日中に一寸上京するかも知れません。御自愛専一に　敬具」（四三年・龍太書簡）

初対面のころから龍太さんは病弱に見えました。書面に「蝶の句」とありますが、おそらく「吹かれゆく蝶のゆくへを見て野辺に」や「わが胸に吹きつけられて来し蝶よ」など一連の蝶の作について触れているのだろうと思います。このころ何度も手紙をやりとりしていましたが、そのうちの一通にしたためられていた龍太さんの一句「朝焼の田水流るる曼珠沙華」が今も鮮やかに脳裏に焼き付いています。落ち着いた風格を見せた句で、背骨が一本ずしんと通っている感があります。

龍太さんとは学校で話をした記憶がなく、青光会の時に百貨店の大食堂や列車の中で話をしました。夏休みや正月の帰省には二人で新宿駅から汽車に乗りました。龍太さんが下車するまで、のんびりと汽車に揺られながらずっと俳句をはじめ文学の話をして帰りました。当時は蒸気機関車です。

■嵯は四三年十二月、学徒動員で軍隊に入った。内地で終戦、上京して松本たかしに入門した。四九年には、復学した國學院大を卒業。地元・恵那で教員生活をしながら句作に励んだ。一方、龍太は病気により徴兵免除、郷里で終戦、農業に専念したが復学、四七年九月に卒業した。五一年から山梨県立図書館に勤務しながら、句作に励むとともに「雲母」の編集を支えた。

戦後はしばらく二人の間に音信は絶えていました。五二年夏でした。俳句研究社から原稿依頼があり、作品を掲載しました。すると、翌年、龍太さんから年賀状が届きました。およそ十年ぶりの便りでした。

■「……俳句研究でしたか貴方の御作を拝見して大変懐しく思ひました。俳句もずっと変っ

1987年11月7、8の両日、岐阜市内で第2回東海雲母の会が開かれた。7日夜、長良川温泉の老舗旅館で開かれた懇親会に、飯田龍太（写真右）は名古屋の俳人宇佐美魚目（同中央）と太田嵯（同左）を招いた（写真提供・飯田秀實さん）

て（当然かもしれませんけれども）新鮮に思ひました。これからは所属など何処だってかまはない。作品さへ良ければ立派に通用するでしょう。兎に角御活躍を期待申上げてをります。　昭和二十八年元旦」（嵯宛龍太書簡、仮名遣いは原文ママ）

「所属など何処だってかまはない。作品さへ良ければ立派に通用するでしょう」という言葉はうれしかった。当時の私の考えとまったく同じでした。私は戦前、「雲母」をはじめ、さまざまな結社の俳誌に投句していました。だが、戦争によって、それぞれの結社との関係が一度断ち切られました。終戦直後にたかし先生のもとで句作を再開しました。しかし一九四九年に帰郷後は、地元の俳誌への投句が中心で、中央の結社誌にはあまり出句することなく、孤独でした。そうした境遇、気持ちのありようを龍太さんはよく分かっていて、そうした温かな手紙を寄せてくれました。何年たっても変わらない龍太さんの優しさ、温かさを実感しました。

■一九八二年、嵯は第一句集『厚朴』を刊行、龍太に贈った。すぐに返事が届いた。「長い歳月、一筋にこめた詩思、しかも清澄の風韻に感服しました」などと書かれていた。以後も手紙のやりとりは続いた。龍太は「雲母」で嵯の句を取り上げたこともある。

《蒼 天 を ゆ き つ つ 雲 も 氷 る 山　　嵯

作者は松本たかし・橋本鶏二両氏に師事する中津川の俳人。もとより中津川市は、美濃の恵那峡の町。真冬はきびしい山容を現わすだろう。この句、真澄みの大空に屹立する冬山を描きとって間然するところのない作である。ことに「ゆきつつ雲も」が的確。読者の眼をとらえて離さぬ。のみならずこの句は、必ずしも恵那峡の風景と限ることはない。甲州でも奥羽でも、乃至は北海道でも十分鑑賞に適う。風土に徹し切ってそれを超えた大柄の作。》
（「雲母」八七年七月号所収「秀作について」より）

恵那山を仰ぐ自宅の庭には多種多様な植物が植えられている。「『恵那』の仲間がいろいろな苗を持ってきて植えた木もたくさんあります。一年中、一本一本に深い思い出が詰まっています。庭は表情を変えます。眺めているだけで時間のたつのを忘れます。俳句の材にも事欠きません」。妻の太田光子の話に隣で嗟もにこやかにうなずく　＝岐阜県中津川市の自宅

この鑑賞文を収録した著作『現代俳句の面白さ』（新潮選書）もいただきました。その後も手紙のやりとりを続けました。八七年十一月七日、岐阜市内の旅館で「雲母」の東海大会前夜祭が開かれ、私と宇佐美魚目さんを呼んでいただきました。四十四年ぶりの再会となりました。席上、ご紹介までいただき、本当にうれしかったです。（後に）「俳句研究」に写真が掲載され

ました。再会した龍太さんは学生当時と変わらずに気品があった。あの時、私は岐阜市内に泊まり翌日、龍太さんに再び会いに行きました。

「恵那」の仲間と一緒に甲州へ吟行に行ったこともありました。龍太さんの家の周辺をめぐりました。家の前まで行きましたが、お留守のようでした。龍太さんにご迷惑をかけてはいけないと思い、声もかけずに辞しました。

戦争の時代、私たちはいつ死ぬか分からない時を生きていました。その中で龍太さんも私も俳句が自らの心の支えでした。いわば生きる証しとして俳句を愛し続けてきました。その姿は痛々しいほどですが、この上なく尊い歳月だったように思えます。今、あらためて龍太さんからいただいた手紙を読み返しながら、そのことを深く感じます。

「写生」深化へ三百回超す木曾谷吟行

太田嗟は終戦直後、虚子門の松本たかしに師事した。たかしは自然を凝視、写生に徹する「只管写生」を唱えた。能役者の名家に生まれ、幼少時から修業を積んだ。だが、病弱で十五歳の時、能役者を断念した。その後、俳句の道へ進んだ。二十四歳で「ホトトギス」巻頭に選ばれ、将来を期待された。

嗟は、たかしが「笛」を創刊する三カ月前の一九四五（昭和二十）年十二月に入門。東京・久我山の松本家に近い三鷹に住み、公私にわたり師に寄り添った。時々、松本家の留守番をしたり、井の頭公園を散歩する師に随伴した。俳壇で高評を得た「茅舎研究」は、「笛」の座談会（歌人吉野秀雄、俳人皆吉爽雨、福田蓼汀らが参加）。嵯も師に誘われ何度か参加した。吉野との親交はその後も続いた。

嵯は師と二人だけで過ごす時もあった。師から句作の方法や句を詠む姿勢などを直接学んだ。しかし、たかしは病に打ちかてず、五六年五月十一日、五十歳の若さで亡くなった。

嵯は復学した大学を四九年に卒業。帰郷して教師になるとともに、五七年から地元の俳誌「ひこばえ」を主宰。後に同誌は「恵那」に改名された。嵯が掲げた理想は「『只管写生』の深化」だった。

中津川は中山道の宿場町。芭蕉や子規、虚子ら多くの俳人が足を運んだ。たかしの父である長《ながし》の弟子・塚本哄堂が中津川に住んでいたことから、たかしも中津川に逗留するなど縁が濃かった。

嵯はたかしが死去した翌年、五七年から「只管写生」継承に向けて「木曾谷探勝句会」を始めた。二カ月に一回以上、約三十人で汽車や電車で行き、沿線を吟行した。七二年までに百回、二〇〇〇年までに三百回を超えた。「たかし先生は木曾谷をはじめ周囲の山河を愛された。句会は写生俳句を磨く場となった」。「奥の細道吟行」も恒例行事となり、まず嵯と妻の光子で一巡後、約三十人で約三年かけてめぐった。妻の光子は結婚を機に短歌から俳句に転じ、「恵那」の編集を支えながら、たかしの「笛」にも一二（平成二十四）年五月号で終刊するまで投句を続けた。

少年期なる子の寡黙鳥雲に　光子

飢ゑし世を昔語りに夏炉守　同

「恵那」は昨年十一・十二月号で通巻六百三十九号。他結社同様に会員の高齢化が進み、最大約五百人の会員も現在は約二百五十人。嵯が体調を崩し、一年半休刊したこともある。だが、会員の強い要望で再開した。「若い時は健脚自慢でしたが、今はもう木曾谷を歩けない。それがつらい」と嵯。「ただ、只管写生は終生貫きます」

谷深く意中の花の朴と逢ふ　嵯
恵那山を指呼に茶の花月夜なる　同
関ヶ原天上天下閉ぢて雪　同

〈二〇一三年一月三十一日、二月十四日付掲載。聞き手、写真・中村誠〉

今も感じ続ける鋭い視線

宇多喜代子

うだ・きよこさん　一九三五年山口県生まれ。俳人。大阪府在住。俳誌「獅林」を経て、桂信子主宰の「草苑」創刊に参加。「草樹」会員。女性で初めて現代俳句協会会長を務め、二〇一二年に同協会特別顧問に就任。第二十九回現代俳句協会賞、句集『象』で第三十五回蛇笏賞受賞。ほかの句集に『りらの木』『夏月集』など、著書に『里山歳時記』など。蛇笏賞選考委員、山日新春文芸俳句選者、酒折連歌賞選考委員も務めている。七十七歳。

「いなくてもいる」。現代俳句協会特別顧問を務め、蛇笏賞選考委員でもある俳人の宇多喜代子にとって、飯田龍太はそんな存在として心にあり続けている。時にあらがいながらも、自らを成長させてくれた先人への強い思い。今も龍太の〝視線〟をひしひしと感じながら俳句に向き合っている。

■師である桂信子の紹介で龍太と対面した宇多。昭和五十年代と記憶するが、それ以来、両者の遠からず近からずの付き合いは続いた。頻繁に顔を合わすようなことはなかったが、宇多が著書を出すと、真っ先に感想の手紙をくれたのが龍太だった。

「貴著『ひとたばの手紙から』。巻首の一文は秋夜、ねむりを忘れるほどの感銘を受けました」

「『象』（蛇笏賞受賞の句集）は意表をついた書名ですが、随所に共感する作品があります。たとえばその内の一句、『冬座敷かつて昭和の男女かな』。俳句でないとこんな微妙は表現出来ないのではないでしょうか」

丁寧に読み、自らの言葉で感想をくれたんです。今でもときどき眺めたりするんですよ。さあ、俳句をやろう、と気持ちがあらたまる感じがするから不思議でね。手紙は大事にしています。お会いしたり、一緒に写真に写るのも貴重なことですが、そういったものにはないうれしさが手紙にはありますね。
■宇多にとって、龍太は慈しんだ存在であった反面、「恐ろしい」存在でもあったという。常に見られているような、そんな感じがするのだと語る。

2001年、第35回蛇笏賞に宇多喜代子の句集「象」を選んだ選考会。（左から）飯田龍太、藤田湘子、金子兜太、森澄雄の各選考委員　＝東京都内（角川学芸出版提供）

多くの人が龍太さんを詣でるようなことをしていたが、私にはできなかった。なぜなら、遠隔にいようと近くにいようと時代を隔てていようと、その人には意識の中で「近づける」から。もっと言えば、私にとって飯田龍太とは実際には近くにいなくても常に「いる」という思いを抱かせる俳人の一人だったからです。もちろんご縁あってお会いできれば素晴らしいことですがね。それに、そもそも俳人としては句を詠んでいればいいわけですから。

私は「雲母」に投句したことがなければ、その句会に出たこともない。でも「山梨の一角に飯田龍太がいる」との意識は本当に強かったんですね。遠方にあっても目の鋭さを感じさせる、いい意味でこわい人でした。それは今でも同じ。変わらず龍太さんに見られている気がする。おかしなことはできないなとの思いがあるんです。「こんなつまんないこと書くなよ」とか言われないようにね。

■一九二〇（大正九）年生まれの龍太や一九年生まれの森澄雄、金子兜太……。十数年の差がある宇多世代の前に立つ戦後派の俳人たち。俳壇のけん引者であったことに疑いはないが、宇多はその先人たちをある面では「抵抗する相手」としてみた。ぶつかっていったのにはわけがある。

決して好き嫌いの話ではありませんよ。結局、方法や手段が違うだけで、いい俳句を作るという目的は一緒。だから考え方で時にはけんかをしても構わないと思うの。私にとって澄雄・龍太といった俳人は胸を借りるという意味で、そういう存在としていてくれた。無批判の対象になったのではつまらないじゃないですか。

当時は澄雄・龍太という名前だけで、みな無条件でついていくんですね。聖人のように見なし、あがめるような傾向さえあった。でも、それはよくない。俳人は座布団の高いところに座ってはいけないのですよ。みな同じ高さに座るんです。それが俳人。そもそも俳句とはそういう土壌から出てきたものですからね。別に高貴な人、特別な人に庇護されたものではない。普通の人たちが育ててきたもの。高貴な人たちが否定してきたようなヘビとかゲジゲジとかナメクジとかをおもしろく、気品や格あるふうに仕立てるんですね。

飯田龍太について語る宇多喜代子。「私の句集を送ると、必ず返事のお手紙をくれた龍太さん。すべて大事に取ってあるんですよ。ふと読み返すと、俳句に向かう新たな気持ちが出てくるから不思議ですよね」＝甲府・県立文学館（撮影・広瀬徹）

そういった意識があったからでしょうかね、いつだったか、龍太先生についての批評を何かに書いたんです。「甲斐という保養所にいる俳人だから、ああいう静かな句だけを作っている」といった感じに。龍太先生がそれをお読みになったみたい。もう嫌になっちゃうわね。でも先生は分かってくれていたのか、痛くもかゆくもないという感じで、ただただ大笑い。先生のお人柄でしょうね。

■昭和三十～四十年代。宇多が俳句に深く引き込まれていった二十代、三十代だった昔日、俳句について夜通し友人と語り合うことがしばしばあった。その時、必ずと言っていいほど話題に上る俳人の一人が龍太だった。平明であることの是非や俳句作品個々に対する評価……。白熱した論戦はついこの間のことのように思い出されるが、議論の対象になる人がいたことをありがたく感じている、と振り返る。

まだまだ血気盛んなころ。「一月の川一月の谷の中」の一句で一晩明かすんです。ああだこうだってね。でも、言うなれば「俎上に載せる」ような俳人がいたのは私にとって本当に貴重なことだった。同じ時代を生きる先輩ですからね、思うところは多々出てくる。今の若い人たちは誰を対象にするのか分かりませんが、たたき台にさせてもらうことで自分の足腰を鍛えた、ということですね。これは絶対に必要。ただね、足腰を鍛えた先に「その人を超えよう」ということを目指すのではありません。「違う山を築く」という感覚。超える必要はない。低い山でも魅力のある山にすればいいんですから。

蛇笏を「入り口」に桂信子の主義学ぶ

宇多喜代子が初めて俳句に接したのは十八歳ごろのことだった。祖母の友人に寺の和尚の遠山麦浪という俳人がいて、自宅をよく訪ねてきていた。「初めてちゃんと俳句に触れ、おもしろいかなって。句を作っては見てもらっていた」

麦浪は俳人石井露月の門下。必然的に露月の句をよく読んだが、一方で「大正期の俳句が話題になると、先輩の俳人たちが口にするのが飯田蛇笏の句だった」と振り返る。若くから「大きな景色と人間味あふれる蛇笏句」の世界に親しんだ宇多。「力があり、崩れない。そんな強さを感じた。蛇笏を一つの『入り口』にできたのは貴重だった」

一九五四（昭和二十九）年刊の『昭和文学全集』（角川書店）との出合いは宇多の目を広げる契機になった。「決して裕福でも、教育熱心な家庭でもなかったのに、その全集を親がそろえてくれた」。所有する唯一のテキスト。読みあさったその中に、長く歩みを共にすることになる俳人桂信子の作品が掲載されていた。「透き通るような、モダンでフレッシュな句だった」。蛇笏とはひと味違った新鮮な魅力。引き込まれるのに時間はかからなかった。

新興俳句運動の旗手・日野草城に師事した桂。宇多はその桂の下につき、思想と立ち振る舞いを間近で感じ続けた。「作句は定型さえ崩さなければあとは自由。伝統だ、前衛だうんぬんではなく『いいものはいい』という桂先生の主義は揺るぎないものだった」。桂は縛り付けることをせず、「『いろいろと見て聞いて、学んできなさい』とよく言ってくれた」

だが、自由ゆえの「難しさ」も感じていた。「当然だが、常に自分で自分を律していかなければいけない。すべての責任は自分にくるのだから」。桂と歩んだ三十数年の時間。得たものはあまりに多かったと振り返る。

これまでに現代俳句協会賞や蛇笏賞を受賞。俳句をめぐる評論では鋭い弁舌が多くの人を引きつける。俳壇をけん引する一人だが、喜寿を迎えてもなお、変わらず心にとどめていることがある。「仕事でもそうでなくても、何かにつけて『桂先生ならどう思うか』と考える。目安というか、それだけ大きな存在なんです」

「任せた」重く響く言葉

■戦後俳壇をけん引した飯田龍太と、宇多喜代子の師で戦後を代表する女性俳人・桂信子。二〇〇二（平成十四）年、境川村（現笛吹市境川町）小黒坂の龍太邸「山廬」で対談が行われた（同年六月十二日付山梨日日新聞掲載・特集「山廬対談・いのちの調べ」）。松尾芭蕉や飯田蛇笏、近況などについて言葉を交わした二人。龍太が「俳壇にとって大切な人」と桂をたたえれば、桂も「何とも言えない心地よい後味がある」と龍太句を賛美した。尊敬し合っていたというお互いの間柄を、宇多は懐かしみながら語る。

対談を終え、帰った桂先生は「龍太先生は何もかもよく見ておいでですよ」「（実作の一線から退きながらも）そこらの俳人よりよっぽど見てらっしゃいますよ」とよくつぶやいていました。桂先生はその対談のお仕事を宝のようにしていました。何かにつけて掲載された新聞記事を見ていたので、（亡くなった時）おひつぎの中にその新聞を入れたほどです。

飯田龍太という人は桂先生が信頼をしていた最高の一人でした。句の表現について「これは龍太先生だったらどう思うだろうか」と常に言っていた。そういえば昔、こんなこともやっていました。龍太先生の句集が出ると良いと思う句に印をつけるように桂先生に言われるんです。テストを受けるような、そんな思いで取り組んでいたのを覚えています。

■俳誌「雲母」と「草苑」をそれぞれ主宰し、選者としても俳壇に大きな足跡を残した龍太と桂。各地から続々と届く多くの作品を見定めてきた二人だが、選句について宇多に奥深い視座を残していった。

別々の時にですが、龍太先生も桂先生も同じ内容のことを私に話してくれたんです。選句について「句が何千とあると初めは、どうしよう、と思う。でも長くやっているとと見ているだけで句が自ら立ってくる。句の方から飛びついてくる」というのです。とても抽象的な言い方ですよね。初めはその状況がよく分からなかったんですけれど、いつからか私にもそれが分かるようになった。あまたある句から私にやってくる感覚。不思議なことです。

でもね、自分の選がどうなのかについては誰も教えてくれない。そこの見極めが俳人として難しいところだと思うんです。ただ、私にはいいお手本がいた。龍太先生や桂先生といった人たちに出会えたことは本当に貴重で、多くを学び、吸収することができた。そういった意味で、私は恵まれていましたね。ありがたいことです。

それから龍太先生は「普通の人たちに共感することが大事」と、選句の大事さを説いていました。俳人だから大事にする、というわけではなく、普通の人たちが身近な生活を詠んだ句に共感することに意味がある、とね。私は今もそんな気持ちで選をしている。選を通し、多くの人が俳句の魅力に触れられるようにとの思いが私の根底にはあるのです。

■〇五年五月、宇多は境川にいた。静かで落ち着いた空気感。自身の郷里、山口県と似た雰囲気に、自然と心は和らいだ。山廬への訪問は初めて。龍太は元気な声で宇多を迎え入れた。

別の用事で山梨に来ていたんですが、全く思いがけないことに急きょ山廬に向かうことになったんです。私は山歩きのようなむさくるしい旅装のまま。忘れられませんよ、あんな格好で行ってしまったんですからね。でも龍太先生は温かく招いてくださった。初めは突然で迷惑かとも思いましたが、その元気な声を聞いて、来てよかったと思えたんです。

山廬とはどんな場所なのか。気にしながら足を踏み入れたのですが、私も元は「村」の人だから違和感というものを感じませんでした。でもやっぱり趣があってね。都会の人から見たら「保養所」なのかもしれないけれど、そこには何代にもわたって根を下ろしてきた人々の暮らしが確かにあった。先生はこういうところで時を過ごし、句を作っていたんだなあと、しみじみ思いました。

■〇四年十二月十六日、桂信子が亡くなった。享年九十歳。俳誌「草苑」に桂の片腕とし

境川村（現笛吹市境川町）小黒坂の山廬で飯田龍太（右）と話す宇多喜代子。俳壇や近況などさまざまな話題に花を咲かせた　＝2005年5月（撮影・中村誠）

て参加していた宇多は約半年後、「草苑」を終刊した。「俳誌は一代限り」「桂信子以外に『草苑』主宰はない」。「雲母」を閉じた龍太に通じる潔さだった。「今後どうしますか」。宇多が山廬を訪れたその日、龍太は聞いた。「しばらくは、身近な俳句仲間と近くの公民館で句会をしたい。それも上下のない集まりに……」と宇多は答えた。「えらい。宇多さん、それはえらい」。龍太の大きな声が飛んだ。満面の笑みがあった。「高潔」という言葉が二人を貫いていた。宇多は俳壇を見届ける龍太の鋭い視点に圧倒されながらも、充実した濃い時間を感じていた。その中で、龍太が宇多に何度も発した言葉がある。「任せた、任せた」。宇多の心には今も重く響いている。

甲府市内で営まれた飯田龍太の告別式（2007年３月）を話題にした宇多喜代子。「身延線に乗って向かいました。いろいろと思い巡らすことがありましたが、車窓から見えた紅白の梅と富士が本当にきれいだった。いい時期を選んだように逝かれたのかな、そんなことを思いました」
＝甲府・県立文学館（撮影・広瀬徹）

果たしてどういう真意なのか。私なりに考えてみました。「自分の句を磨き、高めながら、惜しむことなく多くの人に俳句というものを伝えていってほしい」。こういうことかなと。さらに言えば「卑しくなるな」ということでしょうか。卑しさは作品や言動に出るもの。商業主義にまぎれることなく、俳句に真っすぐ向き合って若い人たちにバトンタッチしていってくれ、そのような声だったのではと解釈しています。その託された思いは、今も私の中で大切にしている信条なのです。

今も読み返す名句の数々

「スッとした、清涼な感じがする」。宇多喜代子が飯田龍太の句に抱く印象だ。宇多はその理由に「こう作ってやろうという計らいのなさ」を挙げ、それ故、品性ある濁りのない作が生まれたととらえている。同時に、雑菌がついていない、とも説いた。「私は若いころ、『雑菌のついていない句はつまらない』と思っていた。でも、かつてわくわくした、雑菌まみれの句の多くは今、残っていない。だからこそ、清浄で屈折のない龍太句は今も親しまれているのだと思う」という。

龍太が根付き、暮らした境川。その地で句は生まれていったが、宇多は「龍太句にはそれ以上に広い世界がある」と強調する。「龍太先生の句は境川限定の狭い作品世界では決してない。身近にある自然や故郷の景色など個々が思う情景と重ねて詠むことで、一句一句がさらに普遍的なものになる」

魅了されたあまたある句の中から、宇多があえて挙げた一句がある。

外風呂へ月下の肌ひるがへす（四九年）

外にある風呂に行くためにパッと小走りした時の独特な情景。「白い足、おそらく母親の足だろう。この表現に心引かれる」

この句を紹介しながら、「蛇笏句に、同じような感情を抱いたのではないかと思う句がある」と宇多は言う。

冬渓をこゆる兎に山の月（五三年）

白いウサギがパッと過ぎ去る一瞬をとらえた句。「龍太先生の『外風呂』の句を詠むとこれを思い出す。瞬間の光景に心動かした様子がうかがえる」と話した。

蛇笏句の魅力については「なたでスパッと切った印象。切り口鮮やかな骨格のある句」と語る。現在も蛇笏句集は愛読していて、枕元に置いてあるほどだ。

ふと手に取り、読み返すのにはわけがある。俳壇をけん引する立場となり、作句以外の仕事も多くなった。師である桂信子はよく言っていた。「ときどき目を洗いなさい」。「精神の浄化と言ったところか。作句に向かうにはいい句を読み返すことが大事だ、と」。宇多にとって蛇笏句はそんな存在でもある。

時を経るごとに深みを増していく、と宇多が感じる蛇笏と龍太の存在。先人の残した名句の数々は、今なお宇多に影響を与え続けている。

〈二〇一三年二月二十八日、三月十四日付掲載。聞き手・田中喜博〉

三枝昻之

古里との〝和解〟もたらす

さいぐさ・たかゆきさん　一九四四年甲府市生まれ。早大卒。同人誌「反措定」、歌誌「かりん」を経て九二年に歌誌「りとむ」創刊。現在同発行人。歌集『甲州百目』で寺山修司短歌賞、『農鳥』若山牧水賞、『昭和短歌の精神史』でやまなし文学賞、齋藤茂吉短歌文学賞、芸術選奨文部科学大臣賞などを受賞。二〇〇六年に野口賞、〇九年に現代短歌大賞を受賞。一一年に紫綬褒章受章。宮中歌会始選者、山日文芸短歌選者。二〇一三年四月一日から山梨県立文学館長を務める。川崎市在住。

四方を山に囲まれた甲府で生まれ育ち、その閉塞感を嫌って遠く離れた地へと向かった歌人三枝昻之。その歌人の目と心を再びふるさとへと向かわせるきっかけとなったのが飯田龍太の句だった。龍太の教えを胸中深く刻みながら、三枝は自らの道を進んでいる。

■三枝昻之が短歌を作り始めたのは一九六三（昭和三十八）年ごろ。早大在学中、「早稲田短歌会」に所属し活動した。全共闘世代として時代に向き合う先鋭的な作歌活動で知られた。

当時は短歌と俳句の垣根が低く、歌人と俳人の交流も盛んでした。おのずから俳句のことも勉強し、飯田龍太という郷土の俳人の作品も読みました。一方で、時代は塚本邦雄や岡井隆がけん引する前衛短歌が最盛期。早稲田短歌会にも、前衛短歌でなければ現代の短歌ではないという空気がありました。同じような新しい動きは俳句にも広がっていて、代表的な俳人は金子兜太や高柳重信。ことに高柳はかっこよかった。「船焼き捨てし／船長は／泳ぐかな」。しびれました。孤立無援で突っ張るというのが当時のトレンドで、この句がそれを象徴的に表していました。

塚本にも「日本脱出したし　皇帝ペンギンも皇帝ペンギン飼育係りも」という歌があります。動物も人間も、みんな戦後日本に愛想づかししているという意味です。世の不条理への反抗心が、俳人にとっても歌人にとっても大きな要素だったのです。そんな中で、龍太の初期作品はいかにもおとなしすぎるように見えた。ふるさとの大切な俳人であるという思いはあったけれど、作品に食指が動くことはありませんでした。のちに、私の連れ合いの今野（寿美）が現代短歌女流賞を受賞した時（八九＝平成元年）、授賞式後に龍太先生に初めてお会いしましたが、その時もまだ〝郷土の偉人〟という

1989年、今野寿美（右）の現代短歌女流賞授賞式後、三枝昂之（中央）は飯田龍太（左）と初めて出会った
＝東京都内（写真提供・今野寿美さん）

感覚でした。

■三枝は四十代半ばに健康上の問題から山梨医科大（現山梨大）付属病院に入院した。入院先で弟の浩樹（現山梨県歌人協会会長）が「これでも読めし」と貸してくれたのが龍太の『甲斐の四季』（実業之日本社）だった。

新書サイズでコンパクトだからベッドの上で読むのにはいいだろうという配慮でしょう。彼は弟ですが、文学全般でいえば僕の先輩。龍太俳句を読んで、自分の世界を変えるのもいいのではないか、という思いもあったのではないでしょうか。

『甲斐の四季』にはエッセーと季節ごとの俳句が載っていました。例えば「雪の峯しづかに春ののぼりゆく」。春になって甲斐の国を取り巻く雪がだんだん消えていく風景が詠われています。テーマとしては普遍的だけれど、春が雪の峰を昇っていくという見方によって当たり前の風景がちょっと新鮮になる。こんな表現があるんだと驚きました。

「白梅のあと紅梅の深空あり」。これを読んだ時も感動しました。白から紅に梅が移ってゆき、それを包む甲斐の深い深い早春の空の青さがとても印象的です。それから「水澄みて四方に関ある甲斐の国」。秋が深まり空気が澄んでくると、甲府盆地を取り巻く山々のひだの一筋一筋がはっきり見えてくる。秋ならではの甲斐の国の麗しさですね。

■幼いころから山に囲まれた山梨が狭苦しく、苦手だった三枝。ふるさとと和解させてくれたのが龍太俳句だった。

盆地をぐるっと囲んでいる山々とどう折り合いをつけるか。これは山梨に生きる者にとって宿命的な問いです。龍太先生も若いころは山梨が嫌いで「盆地を抜け出して多摩川のほとりに出るとああよかった、と深呼吸をした」とおっしゃっていましたが、高い山に囲まれたこの風土が私には息苦しく、高校から東京に出て、そのまま帰郷しなかった。けれど龍太俳句を読んで、山に抱かれた生活というのは実は奥深いものなんだと教えられました。ふるさとに背を向けた人間が、龍太の俳句との二回目の出合いによって望郷の人間になったんです。

この変化は私の歌を作る態度にもすごく影響し、ふるさとをいとおしむ歌が増えました。桃の花や母のことを詠んだ歌は龍太先生も大変喜んでくださった。もうひとつ端的に表れているのが歌集のタイトル。『甲州百目』、『農鳥』、そして『天目』といった具合です。

■龍太俳句はそれまで培ってきた三枝の短歌観や世界観にも大きな変化をもたらした。

若い時は小さなこと、例えば「甲斐の国」には関心がありません。「世界」とどう向き合うかが大問題。しかし龍太俳句を読んで、世界と向き合うというのは外国に行ったり、あるいは外国の思想に染まることではないと気づきました。覚悟を決めて境川に視点を定め、山と向き合う暮らしを選び取った者にしか見えない豊かさがある。つまり一点に焦点を絞ってこそ世界は見える、ということを教わりました。

そう感じた時に、飯田龍太は伝統尊重で、高柳重信が前衛だなんて分けて考えるのは意味がない。高柳も龍太も互いを尊敬し、俳句の形式や伝統を大切に思うからこそ、伝統をそれぞれの仕方で新しく担っている、ということが見えてきました。振り返ってみると、二〇〇五年に私が刊行した『昭和短歌の精神史』

（本阿弥書店）も、龍太俳句が既成の常識を一度白紙に戻したほうがいいと教えてくれたことが大きなきっかけでした。

ジャンルは違うけれど、私の師は飯田龍太。最晩年の押しかけ弟子です。短歌を作っている人間が短歌だけを自分の栄養源にしたのではつまらないでしょう。俳句でも現代詩でも小説でもいい。広く文芸全般から栄養を吸収するなかで、決定的な影響を与えた人が歌人でなかったというだけの話です。遅い出会いだったけれど、大切な師にめぐり合えたと思っています。

「龍太先生は四男で、私も四男。龍太先生は若い時にカリエスになっていて、私も小学校四年から二年間、カリエスで休学している。龍太先生と同じところを見つけて勝手にうれしがっているんです」と語る三枝昂之
＝甲府市内（撮影・靏田圭吾）

文芸全体への警告　胸に刻む

「なにはともあれ山に雨山は春」。龍太俳句の中で、三枝昂之がもっとも好きな句の一つだ。長く厳しい冬が終

わりに近づき、春の訪れを感じさせる雨の懐かしさに気持ちがほっと緩む。この句を口ずさむと「まあなんとかなるから、もう少しがんばってごらんよ」――そんな師の声が聞こえてくる、と語る。

初めて龍太の居宅山廬を訪れた時、この句が好きだと告げると、龍太はすぐに「ああ、あれは俳句らしくない俳句」と応じた。三枝は解説する。「『なにはとも／あれ山に雨／山は春』と区切って読むと定型に沿った表現にはなるが、春ののびやかさがなくなってしまう。俳句としては意表を突く始まりながら、ごく自然に『なにはともあれ』と読んでいけば、結句の『山は春』がちゃんと俳句に着地させてくれる」。定型から自由になって、定型を支える。伝統や定型にもたれかからず新しく担い直す。日ごろから「季語より季感」と説いていたことと併せ、ここにも伝統詩と向き合う龍太の態度を感じるという。

もう一つ、三枝が心に留めている龍太の言葉がある。二〇〇六（平成十八）年、甲府市の山梨県立文学館で開かれた正岡子規展の図録に寄せた次のような文章（聞き書き）である。

《現在の俳壇は、（略）作品の良し悪しではなく、俳壇の人間関係、俳人何人の団体の代表かどうかということが登用される基準になっている。考えてご覧なさい。今、活躍している俳人に代表作があるかどうか》

「この内容はそのまま短歌の世界にもあてはまる」と三枝。俳人も歌人も小説家も、文芸に生きる人間は「壇」というものを多少なりとも意識せざるをえない。仲間びいきや、会員増を趣意とする結社など、マイナスの面が少なからずあるのも「壇」の切ない現実だと明かす。その中で、龍太が最後に伝えたかったのは、詩そのものを大切にする心だとみる。いいものをいいとする姿勢を貫く、これが結果的に俳句や短歌を豊かにするという真実。三枝は語る。「これは龍太先生の俳句や短歌、文芸全体に対する最後の警告だと思う」

文学者のあるべき姿重ね

■二〇〇四（平成十六）年三月十六日。三枝昂之は、妻で歌人の今野寿美と初めて飯田龍太の居宅、境川村（現笛吹市境川町）小黒坂の山廬を訪れた。

玄関に入り、畳の部屋に上がると「山廬」と墨で書かれた額がかかっていました。龍太先生は「（高浜）虚子が書いた」と説明し、さらに「だけどこれは偽物。本物は（山梨県立）文学館に寄贈したんです。偽物が住んでいるからね。ちょうどいい」とおっしゃって笑った。緊張している客を楽しませる、本物だからこそ言える軽い冗談ですね。そこで少しリラックスできました。

俳人や歌人が山廬に伺いたいと願う理由の一つ。それは数々の優れた句が生まれた場所だからです。短詩型文学の聖地といってもいい。もう一つ大きな意味でいうと、文学に関わる者は宿命として、「壇」の中で四苦八苦せざるをえない状況がある。しかし龍太先生は俳句の世界にとてもよく目配りをしながら、「俳壇」からは一番遠いところにいた。誰もがいい作品、いい研究、いい評論を書くことが最後のよりどころだと思いながら達観できず、あるべき姿を山廬に重ねる。あそこに行くことで一歩純粋な自分に戻れるのではないのかという気持ちがあるんです。

■歓談は二時間を超え、話題はさまざまに広がった。その中で龍太は二度、表情を曇らせた。

「私が芸術選奨に選ばれたとき、龍太先生はラジオニュースで発表をお聞きになったらしい。すぐに電話をくださいました。その後、たくさんの人から電話がかかってきましたが、龍太先生がいの一番。感激しました」と語る三枝昂之
＝甲府市内（撮影・靍田圭吾）

私が山梨を好きになったのは龍太俳句というきっかけがあります。龍太先生はなんでしょうか、と聞いた時です。そして「気が弱いところがあってね」と。その一言だけなんですが、データを重ねると、四男の龍太青年は東京で自由三昧を謳歌していたようです。しかし、戦争などで上のお兄さんたちが亡くなり、結果的に自分が長男の役回りを引き受けざるをえなくなった。「気が弱いところがあってね」というのは戦争が選択の余地がない形で龍太先生を郷土に追い込んだということでしょう。

もう一度は「雲母」終刊の理由を尋ねたときです。その時も「気が弱くてね」と。水原秋桜子ら龍太の先輩たちが次々と亡くなると、代わりの仕事は龍太頼みになる。龍太先生は気が弱いから引き受けざるをえず、膨大な選句を抱えて身動きが取れなくなる。私は、俳人が作る人ではなく選ぶ人になってしまったという深い危機感が「雲母」終刊につながった一つの理由だと思っています。

■この時、三枝は龍太に「ひそかに作品を書き留めていないのか」と何度か尋ねた。

私は本当はあの選択（句作をやめる）ではない選択をしてほしかった。龍太先生は、晩年になるといい

句は作れなくなるし、自分の作品がいいか悪いか、判断が甘くなるとおっしゃっていました。でも、作者と読者の評価は五分五分。作者の自信作が読者にはいい作品に見えないことはあるし、逆も多い。言霊は気まぐれだから、ふっと降りてきて作者が見えないところでいい作品にすることはあると思うんです。

龍太先生は、長いことしていると句は作るというより自然に生まれる、でも書き留めはしない、とおっしゃったが、それはあまりにも潔すぎる。浮かんできたものは書き留めておいてほしかった。けれど、発表の場を失って句作を断念した会員への思いもあったんでしょうね。

■二度目の訪問は、三枝が『昭和短歌の精神史』で受賞した「やまなし文学賞」の表彰式の日だった。甲府・県立文学館での式の前に山廬に伺いたいと伝えると、龍太は「終わってからいらっしゃい」と言った。

山廬に着くと、ビールが用意してありました。そのころ、龍太先生は医者から酒を飲んではいけないと言われていたそうです。けれど、「今日は特別だ」と祝杯を挙げてくださった。その時のうれしそうな顔が忘れられません。自分を慕ってくれる、同じ短詩型の歌人が自分の尽力したやまなし文学賞を受賞したという喜びもあったでしょうが、理由をつけて酒を飲めるうれしさも強かったのではないでしょうか（笑）。

■〇七年二月二十五日、龍太が亡くなった。その数日前、三枝と今野は「暖かくなったら伺おう」と話していたばかり。逝去は思いもよらぬことだった。甲府市内で営まれた告別式に二人はJR中央線で向かった。

龍太先生が亡くなり、甲斐をいとおしむ目が失われたことは、甲斐の山河にとっても大きいという感慨の中で、車窓から甲府盆地や四方の山々を見つめていました。南アルプスの雪嶺の美しさがすごく切なかった。けれど今は、龍太先生は亡くなっても龍太俳句がいとおしんだ甲斐の風景は変わらない。山や木の一本一本に龍太俳句が浸透しているというふうに考え方が変わった。例えば、雨に包まれた甲斐の風景と出合うと「かたつむり甲斐も信濃も雨のなか」と句が浮かぶように。龍太俳句がある限り、甲斐の国をいとおしむ心は不変です。

■ジャンルは違えど、龍太から多くのことを学んだ三枝。今も龍太の視線を感じて歌に向き合う瞬間がある。

歌を作る時は、作ることに集中するからほかのことは考えません。ただ、いったん作品ができて、あれこれ悩み、推敲していると、どこからか「まだまだだなあ」と龍太先生の声が聞こえてくる（笑）。最後は「これで勘弁してください」ということが多いのですが、意識するのが龍太先生の目だというのは幸せなことです。

■一三年四月一日、三枝は山廬を訪れた。生前、龍太が力を尽くした山梨県立文学館の館長就任の報告のために。甲斐の国が桃の花に染まって

山廬での歓談を終え、飯田龍太と固く握手を交わす三枝昂之（右）　＝2004年３月

いた。
辞令を受けたら、真っ先に伺いたいと思っていました。重責だけれど、蛇笏、龍太の風土に関われることがうれしい。運命のような気がします。

握手に感じた励まし胸に

三枝昂之は二〇〇二（平成十四）年、第八歌集『農鳥』で若山牧水賞を受賞した。同賞は毎回、授賞式のパンフレットに受賞歌集への祝辞を兼ねた批評を二人からもらうことになっている。三枝はその一人を大切な恩師である飯田龍太にお願いできないかと考え、いちずな思いで手紙をしたためた。

龍太は、同郷の歌人が蛇笏と親交のあった若山牧水の名を冠した賞を得たことを大変喜び、快諾してくれた。後になって、三枝はある人から「龍太先生は今はもうその種のものはお書きにならないはず」と言われ、「知らないとはいいことだ」と感じつつ身が縮む思いもした、と明かす。

龍太は評にこう記した。

《昂之さんは常に胸中に深く望郷の錘を秘めながら、平常心でおのれの道をすすまれていることに力強いものをおぼえるのです》

「望郷の錘」は、三枝が龍太から学んだもの。それを龍太が自分の文学活動の中に見いだし、注目してくれたことに深い感動を覚えた。

それから一年余り後。山廬での歓談のさなか、龍太は「山梨では山崎方代さんが独特な短歌を詠んでいましたが、これと思うような人が今まであまりいなかった。あなたが活躍されるのは本当にありがたい」と語った。そして帰り際、「三枝君、握手をしよう」と右手を差し出した。

三枝は恐縮しながらも龍太の手を握った。龍太の励ましを、期待を、その手から強く感じ取った。

龍太が逝去して六年がたった。混沌とした時代はカルチャーとサブカルチャーの境をも曖昧にし、もっとも歴史の古い短歌や俳句でさえ、その根拠がどこにあるのか危ぶまれている。

これからの短詩型文学はどうやって一歩前へ進むのか。どうすれば伝統詩の特長を生かすことができるか。三枝は考える。龍太の俳論や季語論を学び直しながら。一方で龍太が語ることは一つだろうとも思う。「いい歌を作ることだよ。いい歌、いい俳句を作ることが、短歌や俳句でなければ不可能な領域を世に知らしめることだから。一首の歌だよ、一句の俳句だよ」と。

〈二〇一三年三月二十八日、四月十一日付掲載。聞き手・村上裕紀子〉

風景と一体、絵になる着物姿

若林賢明

わかばやし・けんめいさん　一九二七年身延町生まれ。日本写真家協会会員、日本写真芸術学会会員。四九年東京写真工業専門学校（現東京工芸大）を卒業し、奈良県の天理時報社に入社、写真部に勤務した。五二年に山梨日日新聞社に入社し、編集局で写真記者などとして活動。六九年にアドブレーン社制作局へ移り、広告写真を担当。八六年に同社を定年退職してフリーランスとして歩む。写真集に『山梨の祭り』『故郷の残影』など。昭和町西条新田在住。八十五歳。

日本写真家協会会員の若林賢明（中巨摩郡昭和町）は俳人飯田蛇笏、龍太の父子二代の足跡をカメラに収めてきた。カメラマンとして相対した濃密な時間。多くの言葉を交わさずとも、レンズ越しに体感した二人の立ち居振る舞いと生きざまは今も脳裏に焼き付いている。

■サンフランシスコ講和条約が発効し、戦後日本が新たな歩みを始めた一九五二（昭和二十七）年、若林は山梨日日新聞社に入社した。写真記者として東奔西走する日々の中、境川村（現笛吹市境川町）小黒坂の飯田邸「山廬」には同社文化部の取材などで何度か足を運んでいた。五八年四月、若林は山廬周辺を撮影することになった。暖かな春の一日。詩人・文芸評論家で当時同社に勤務していた小林冨司夫とバスで向かった。

とてもいい天気だったのを覚えています。盆地はかすんでいましたが、遠く白根（現南アルプス市）の方まで見えました。当時蛇笏さんは七十代。この撮影以前にも何度もお会いしていましたが、やはり気負いはあったのでしょう。相手は俳壇のけん引者。そうそう撮影できる機会があるわけではない。心して向かいました。

蛇笏さん、龍太さん、小林さん、僕の四人で山廬を歩き回ったんです。後山へ行ったり、狐川を渡ったり。竹やぶを通り、石畳も歩く。いろいろと足を延ばしましたよ。家の中では風鈴の音を聞きながら話に花を咲かせていました。私はその場面場面でひたすら撮影を続けました。

「山廬には何度も足を運びました。撮影機材を肩にかけて境川の坂をスクーターで上る。大変でしたが懐かしい思い出です」。撮影した数々の写真を手に話す若林賢明＝昭和町西条新田（撮影・靍田圭吾）

■シャッターを切った回数は数知れないが、中でも後山での一枚は若林にとって忘れられないものになった。黒曜石の矢尻など遺物が見つかる後山。そこで遺物探しが始まると、山上の激しい春風に吹かれながら地面に視線を落とし歩く蛇笏の後ろ姿があった。何げない場面が、若林の目には印象深く映った。

天気がよかったから黒曜石がキラキラ光って所在が分かるんです。皆で踏みいって行くんですが、砂地の上に蛇笏さんのげたの跡がついていた。俳壇の先頭に立って足跡を残してきた人。その歩みを象徴しているように思えたんですね。どこか一句考えているようにも感じた。後ろ姿ですと普通はカメラを向けませんがね。よっぽど自分がはっとしたんでしょう。印象的な一枚です。

■蛇笏という人について、若林は「厳しさを体中にまとった人」と振り返る。明治の人の気骨を感じさせ、孤高という言葉を強く連想させたという。

表情厳しく、歩く時もバタバタしない感じ。よく羽織をまくって手で帯をおさえるポーズをしていたんですが、植物なのか動物なのか、何かを一生懸命見つめていました。つけいるすきがないというか、常にしゃんとしていた。蛇笏さんに会うたび、「風格」を感じていました。

■蛇笏の撮影などを通して龍太とも面識の

山廬・奥の間にて。柔らかな表情を見せる飯田龍太=1978年（若林賢明さん撮影）

山廬後山の飯田蛇笏。若林賢明にとって特に印象に残っている1枚=1958年（若林賢明さん撮影）

あった若林。本格的に龍太を撮り始めたのは昭和三十年代からで、雑誌や句集の口絵写真など、さまざまな絵を切り取った。第四句集『忘音』の撮影では山廬周辺を二人きりで巡った。竹林、石畳、狐川……。山廬の風景と一体になった龍太に、若林はレンズを向け続けた。

どんな撮影でも互いにどう撮ろうかなどと話し合ったことはなかったのですが、自然の見せ方、ご自身の身の置き方、すべてを承知している方でした。自らいい場所を探してさりげなくポーズを取る。写真に慣れていた感じで、どこでもカメラを向けると、その姿や表情は絵になっているんですね。だから何の苦もなく撮れましたよ。それが龍太さんでした。

■撮影中の「決まり」などは特段なかったが、龍太は撮影時、常に着物をまとっていた。さっそうとしたその姿は印象的で、若林が懐かしむ。

山廬座敷の上がりはな。多くの文人がここを行き来し、蛇笏、龍太と親交を深めた（若林賢明さん撮影）

蛇笏さんもそうでしたが、撮影の時はいつも着物でしたね。またその姿が山廬によく溶け込む。だからこそ絵になるのでしょう。

それから撮影中は、龍太さんがその土地についていろいろと話してくれるんです。例えば「狐川はこうなんだ」「この川で魚が捕れた」などとね。でも、ふと話さなくなると深い静謐さを感じさせる。どこか、句を静かに意識しているようにも見えました。

■蛇笏、龍太という俳句界の雄をレンズ越しに見続けた若林。切り取った写真の数々が二人の人柄を今に伝えている。

蛇笏さんの後ろ姿や龍太さんの竹林での一枚、石畳を歩く二人の写真など、出版物に何回も提示してもらえるような写真が幾点か撮影できたということは大変ありがたいこと。こうやって両大家の写真が残せたのは自分でも幸運だったと思っています。

「瞬間を切り取る」写真と通底

カメラマン若林賢明の写真歴は六十年を超える。叔父が全国紙のカメラマンをしていたこともあり、若くから報道カメラマンを目標に定め、実現し、走り続けてきた。

事件事故や地域の風物をはじめ、政治家から一般市民まであらゆる場面、人物を切り取ってきた。文化人も例にもれず、作家の中村星湖や深沢七郎らとも向き合った。

飯田蛇笏、龍太にも幾度となくレンズを向け、触れてきた若林。撮影を通じてその人柄に引き付けられていたが、同時に名句にも魅了されていた。若林が「印象深い」と挙げた句がある。

川波の手がひらひらと寒明くる　蛇笏（五一年）

大寒の一戸もかくれなき故郷　　龍太（五四年）

若林はこの蛇笏句に「さらさら、きらきらとした清流を思わせる」と感じ、その先に「春を待つ温かさ」を思うのだという。龍太句については「透明感とすがすがしさ」を抱き、さらにその家々についたともしびを思い描いて、「寒さを耐え忍んでいる家族の絆さえ思う」と述べた。

いずれもその風景が眼前に広がってくるようだ、と語った二つの句。若林は写真と絡めてこうも話した。「目の前の光景から何を感じるか。専門ではないのでわからないが、そこが句になっていくのではないかと思う。写真としても押さえたい光景だ」

その瞬間を切り取る写真と俳句。両者には相交わる部分があると若林は考える。「写真というのは、その中に何か物語るものがほしい。見た人に訴える、思い起こさせるような部分だが、ここが俳句に通ずるのではないか。同じ表現者として、そんなことを感じている」

〈二〇一三年四月二十五日付掲載。聞き手・田中喜博〉

昔話がうまく優しい伯父

樋泉昌起

といずみ・まさおきさん　一九四七年山梨中央銀行に入行。専務取締役を経て八三年に頭取就任、八年間務めた後、会長、相談役を歴任した。県公安委員会委員長を八八〜八九、九二〜九三、九四〜九五年の三度務め、県銀行協会会長や県社会福祉協議会会長、甲府商工会議所副会頭を歴任。

山梨中央銀行元頭取の樋泉昌起は飯田蛇笏のおい、龍太のいとこである。蛇笏の妹志ずゑが花輪村（現中央市）の樋泉昌策に嫁いでから、飯田家と樋泉家は深くつながった。蛇笏、龍太、昌起とも、旧家の当主として重責を担い、生涯にわたり甲州にとどまり、自らの志を貫いた。昌起は二〇一二（平成二十四）年一月三十日、八十九歳で亡くなった。戦後山梨の経済人を代表する一人として経済を語ることは多々あったが、蛇笏や龍太、私的なことを公の場で語ることはほとんどなかった。最晩年、二回にわたり、中央市東花輪の自宅で「山廬追想」の取材で初めて明かした思い出を家族の協力をいただき収録する。

■昌起は一九二二（大正十一）年四月二十三日、医師の父昌策、母志ずゑの長男として生まれた。姉三人、弟二人、妹一人の七人姉弟である。樋泉家は甲斐源氏の時代から続く。その旧家十六代目に飯田蛇笏のすぐ下の妹志ずゑは嫁いだ。樋泉家は、和歌など文学にも造詣が深い家柄だった。門は部屋が併設された門長屋になっていた。

門長屋から塀に沿って清川が流れていました。私の子ども時代には門長屋のことを「東座敷」と呼んでいました。もっと以前には「汀の屋」と言われていたそうです。川に面した窓には欄干なんかもあって、花鳥風月をめでる部屋でした。幕末、樋泉善がいました。歌人でもあり、千幹という号も持っていました。汀の屋は近郷近在の歌詠みが集まる場となりました。昌策はもちろん蛇笏さんの影響で俳句を始め、汀の屋にちなみ、汀波と号しました。

母が嫁いできてから、蛇笏さんもよくいらっしゃいました。蛇笏さんと父はたいへん仲が良くて、よく二人で旅をしていました。早川の西山温泉、大菩薩峠、あるいは富士五湖をめぐったり……。川の船下りもしました。旅のことは蛇笏さんの随筆にもよく出てきます。

蛇笏の甥、樋泉昌起（樋泉豊子さん提供）

■昌起は飯田家では五男の五夫と同年だった。二人が生まれた時には、飯田家は五夫まで男五人、樋泉家は昌起より上は女三人だった。

両家の子どもたちが同じ年頃でした。飯田家は男ばかり、樋泉家は女ばかりでしたので、互いに珍しくもあり、飯田家

若き日の龍太（写真左）と昌起（同右）。奥は昌起の弟秋男。飯田家と樋泉家の子どもたちはたびたび互いの家を訪ね遊んだ。蛇笏の第１句集『山廬集』には病気になった昌起に寄せ、「二月八日甥昌起病む　一句」と前書し「余寒の児吸入かけておとなしき」の句がある（樋泉豊子さん提供）

の男の子たちがよくわが家に遊びに来ていたようです。私が小学生になってからは、私もよく小黒坂の家に行きました。夏休みには一週間ぐらい泊まり込んで、みんなと遊び歩いていました。母屋前の蔵二階に寝泊まりしました。裏の狐川に石をじゃんじゃん放り込み、さらに隙間に草を詰めて即製のプールを作りました。そこに素っ裸で飛び込んで泳ぎました。もぐって素手でカジカも捕りました。私は家では女性（姉）ばかりでしたので、男の子の遊びをよく知りませんでした。小黒坂に行くと、物珍しく、男の子の遊びをあそこで覚えました。遊びではいつも龍太さんがガキ大将でした。

また、そのころには蛇笏さんの弟、武勝さん（末弟、一九〇五＝明治三十八年生まれ）も家にいました。地蜂にトンボの肉か何かを目印に付けて追いかけることは武勝さんに教えてもらいました。台所の隣の部屋に長火鉢があって、そこに宇作さんがでんと座っていました。口数も少なく、威厳があって近づきがたい雰囲気が漂っていました。

■蛇笏には二歳下の武義、十七歳下の武臣、二十歳離れた武勝の弟三人、六歳下の志ずゑから十四歳下の清子まで三人の妹がいた。長女・志ずゑは、周囲から気性や風貌について「蛇笏によく似ている」と言われた。気骨のある毅然とした明治の女性だった。旧家の当主として、文学者としてどう歩むべきか、苦悩する兄を、家の重さが分かる妹はどう支えたのだろうか。蛇笏にとって志ずゑは頼りがいのある妹だった。

「兄さんからずいぶんかわいがられた」。母は生前よく話していました。蛇笏さんの妻菊乃さんと甲府高女の同級生（五期生）でもありました。蛇笏さんは母を大切にしてくれました。

■「兄が来ると、子どもが寄ってたかって、兄は、子どもをひざに入れて、金時さんの話や、兄は座談の名手ですから、夜、子どもを集めては、子どもは童話を聴かせてもらうのが大喜びで……」。蛇笏の十九回忌を迎えた八〇（昭和五十五）年十月三日、志ずゑは同日付の山梨日日新聞でインタビューにこう答えている。蛇笏第一句集『山廬集』には、二八年の句に「肱枕そらねがくりと夜涼かな」「腹這ひにのみて舌うつ飴湯かな」の二句があり、「歳々の休暇幼童姪甥共に集まり燈下童話をせがんで足をふみ首にまつはる」と前書が付く。昌起は六歳だった。小さいころ、昌起は蛇笏から「まちゃ」の愛称で呼ばれた。

蛇笏さんがわが家に来ると、自然に子どもが集まってきました。母が話している通り、蛇笏さんはあぐらをかいて一人を自分のひざの中に入れ、他の子どもたちが周りを囲みました。蛇笏さんは童話や昔話を楽しそうに話してくれました。普段は難しい顔をしているように見えますが、子どもを相手に話をするのがなかなか上手でした。子どもたちの関心を引くようにおもしろおかしく話をしてくれました。ご自分の子どもたちに対する教育は厳しかったようですが、私たちのようなおいやめいには優しいばかりの伯父でした。

■蛇笏は樋泉家に子どもが生まれるたび、お祝いに句を作り、短冊にしたためて汀波と志ずゑに贈った。

後年、わが家では蛇笏さんからいただいた短冊をまとめて二双の屏風に貼り、汀の屋の座敷に置いて大切にしていました。しかし、蛇笏さんが亡くなった後、このまま、外気にさらして痛ませては困ると、母屋の屋根を茅葺きから瓦に変えた一九六三年の正月(二日)、屏風から一枚ずつはがして保管しました。私が生まれたときに書いてもらったのはこちらの短冊です。

■取材がほぼ終わったところだった。昌起が目前に置かれた木箱を開けて気恥ずかしそうに短冊を差し出した。「祝　男子出生」の前書に続き、流麗な筆でこうある。「いかにあるこころごころや花の春　山廬」。春爛漫のひと日、歓喜に包まれた樋泉家の様子が鮮やか

1960年から3年間、樋泉昌起は山梨中銀白根支店長を務め、家族とともに白根に住んだ。ここで「雲母」の飯野燦雨や福田甲子雄らと知り合い親交を深めた。61年ごろ、燦雨（写真左）や甲子雄（左から2番目）らとともに山廬を訪ねた昌起（写真右）は蛇笏（写真手前）と龍太（昌起左）としばし歓談した（樋泉豊子さん提供）

によみがえる。

龍太と同時代　財界で一途に

蛇笏次男の飯田數馬は、龍太と樋泉昌起にとって青春時代を支えてくれた大切な人だった。龍太は一九三九（昭和十四）年、昌起は四〇年に數馬の下宿に居候し、浪人生活を送った。龍太にとって數馬は子どものころから親代わりだった。小学校や甲府中学の入学式、卒業式も六歳上の數馬が同席してくれた。

數馬は日川中学（現日川高）から日本歯科大で学んだ後、都内の歯科医院に勤めた。「數馬さんの下宿は、都電の停留所『文理大前』を降りて、拓殖大の入り口近くの店、確か荒物屋の二階。六畳一間か、八畳一間だった。數馬さんと一つ部屋で寝起きした」（昌起）

「よく二人で寄席に行った。兄の日川の同級生だった深沢七郎さんも何度か訪ねて来たらしいが、僕がいる時に会ったことはなかった。寄席にでも行っていたのだろう」（『龍太語る』〈山梨日日新聞社〉より）。龍太は本を耽読し、寄席の常連になった。軍靴の足音が高まる中、初めての都会暮らし。龍太も昌起も頼りになる優しい數馬のそばで青春を謳歌した。

「停留所を降りた所に『まんぷく食堂』という学生相手の食堂があった。食事はいつもそこで済ませた。一汁一菜のような素朴なものだった」。昌起は懐かしんだ。当時は下宿から都電で水道橋の予備校に通った。四一年四月、昌起は早大予科、早稲田第二高等学院に入学した。三年制の第一高等学院と二年制の第二高等学院があり「私は年齢だけでも追いつこうと第二学院に入り、同時に數馬さんの下宿を離れました」

昌起が下宿から出た後、數馬の結核が発覚した。すぐに入院したが、六月に亡くなった。その夏、蛇笏の傷心を安らげるためだったのか。汀波・昌起父子、蛇笏・龍太父子の四人が早川の西山温泉に滞在した。蛇笏だけでなく、龍太、昌起にとっても數馬を失った悲しみは深かった。あの柔和な笑顔が脳裏に浮かんだ。

その後、龍太はカリエスのため療養生活を送り、昌起は学徒動員、航空隊に配属された。内地で終戦、早大法学部一年に復学後、四六年九月には卒業した。「学生生活も何もない、もはやズタズタ、駆け足どころか、即刻卒業だった」（昌起）

就職のあてもなく帰郷、わずかな土地を耕した。山梨中央銀行に勤める義兄に勧められ、同銀行を受けた。「君、この銀行で最後までやる気持ちがありますか?」。名取忠彦頭取（四七年一月就任）の口頭試問に、昌起は「はい、やります」と即座に答えた。同年二月入行、バラック建ての仮営業所で昌起の戦後が始まった。

戦災復興、高度経済成長、石油危機……。「戦後は仕事人間にならざるを得なかった」。父の汀波は五三年秋、七十歳で亡くなった。「銀行に労働争議があった時で家に帰れず、結局おやじの死に立ち会えなかった」。さらに六二年秋、蛇笏逝去。当時は白根支店長として多忙を極め「臨終には間に合わなかった」

昌起は八三年から九一（平成三）年まで八年間、山梨中央銀行頭取を務めた。龍太は翌九二年夏、「雲母」を終刊した。文学界と財界。生きた世界こそ違ったが、その一途な生き方に重なるものは多い。

〈二〇一三年五月九日付掲載。聞き手・中村誠〉

妻の背中に優しく添えた手

樋泉豊子

（中央市東花輪）

中央市東花輪在住の樋泉豊子（82）は夫昌起（山梨中央銀行元頭取）に嫁ぐ前、少女時代から山廬になじんできた。父の実家である角田家と縁戚となる蛇笏ら飯田家の人々との懐かしい思い出、戦後は昌起の母で蛇笏妹の志ずゑをしゅうとめとして旧家を支えてきた日々……。たくさんの記憶がさまざまな思いとともに浮かぶ。

■樋泉豊子の母方の祖母のりは蛇笏の妻菊乃の叔母である。さらに豊子の母はるよは境川小山（現笛吹市境川町小山）出身の医師角田一布に嫁いだ。一布の兄源蔵の妻は蛇笏の妹千代志。戦後、豊子は、千代志の姉・志ずゑの長男、昌起に嫁ぐ。豊子と飯田家との縁は深い。豊子は東京で生まれたが、少女時代、境川小山の父の実家に疎開した。源蔵と千代志の一人娘いそ子（現姓中込）と甲府の山梨英和に通った。飯田家にはいそ子と一緒にたびたび行った。龍太にとっていそ子はいとこ、豊子はまたいとこになる。

小山のすぐ上が小黒坂。本当によく行きました。千代志さんに「義姉さん（菊乃）のところに行って漬物をもらってきて」とか言われて。夫も狐川で遊んだと言っていましたが、私もいそ子さんたちと狐川で水遊びをしました。カジカも捕りました。「かじっこ」と呼びました。竹林が広がっていて夏でも涼しかった。ふだんは静かな川も台風の時は一変、大きな石が落ちてきて、そのごう音が小山の家の中まで聞こえた。

■蛇笏は蕎麦好きだった。妻菊乃は蕎麦打ちの名人。「お母さんの蕎麦は最後の湯通しの加減が抜群だった。なかなかまねできなかった」と龍太の妻俊子も生前話していた。豊子も菊乃の腕前をよく覚えている。

「蕎麦は食べるたびに挽かなければ香りが飛んでしまう」と蛇笏さんが言っていたそうです。小黒坂の家には小さめの臼が二つあって、菊乃さんが上手に挽いていました。家の裏に竹藪に囲まれた池がありました。大きな竹籠で作ったいけす

「私の伯母、蛇笏さんの妹千代志さんは麗三さん（龍太三兄）をとても可愛がっていました。私が小学三年の時、拓殖大の学生で帰省中だった麗三さんが菊乃さんのお使いで『八代にスイカを買いに行く途中です』と自転車で角田の家に寄りました。伯母と楽しそうに話していました。子ども心にも『ずいぶん色白のきれいな人だな』と思いました」。子ども時代を振り返る樋泉豊子
＝中央市東花輪の自宅（撮影・中村誠）

を沈めて常時ウナギを飼っていて、大事なお客さまには菊乃さんが自身でさばいて蒲焼きにしてお出ししていました。ウナギをさばくのは志ずゑさんも千代志さんもやりました。当時の奥さんたちはすごいですね。小黒坂ではお客さまも多く、菊乃さんは料理の勉強を重ね、努力をされたのでしょう。書棚に料理の本がびっしり並んでいました。菊乃さんの料理は何もかもおいしかったです。

■一九四五（昭和二十）年七月六日、甲府空襲。豊子は境川に疎開中だった。空襲直後の記憶は今も鮮やかによみがえる。

白百合高女の生徒さんたちが英和の寄宿舎に疎開していました。空襲後、千代志さんが「少しでも役立てていただきたい」と、お米やニンジン、インゲン豆などの野菜を生徒さんたちに届けるように言い、手ぬぐいで作った袋に入れていそ子さんと私に渡しました。そこで私たちはリュックサックを背負い、焼け野原を抜けて寄宿舎に届けました。靴などなく、げた履きでもんぺでした。行く途中、食品会社の倉庫に積まれた缶詰が空襲の猛火で膨張して次々と破裂していました。

その帰途、小山はもうすぐそこ、中道橋から白井河原

山廬前庭で蛇笏（写真左）とともに記念写真に納まる妹や弟たち（蛇笏右から志ずゑ、千代志、清子、武臣、武勝。樋泉豊子さん提供）

に行く土手を歩いていると、艦載機一機が旋回しながら近づいてきました。少し先を歩いていた男子学生たちが「土手から降りて伏せろ」と叫びました。慌てて土手から降りてのり面に伏せていました。艦載機が土手の中央に沿ってドッドッドッと撃ってきました。その銃撃では近くが火災になりました。

■戦争が終わった。しばらくすると、学校が再開した。豊子は疎開のころの蛇笏というと、真っ先にバス停の蛇笏が浮かぶ。その思い出はいつも豊子の心を温かくした。

甲府駅前にあった、花輪行きのバス停が何かの事情で岡島百貨店近くに移ったことがありました。ある日の夕方、私が学校帰り、いつものように境川行きのバス停にいました。バスの本数は少なく、すぐに長蛇の列になりました。すぐそばを蛇笏さんが困り果てたように落ち着かない様子でうろうろしていました。うかがうと「花輪の家に行きたい」と言う。そこで私は自分が乗るバスを二、三本見送ることにして、蛇笏さんをバス停まで案内しました。その話は十年も後に昌起との結婚式の時、仲人の蛇笏さんご自身が披露してくれました。

樋泉志ずゑと飯田龍太（樋泉豊子さん提供）

バスというと、母（志ずゑ）がよく笑いながら話していましたが、蛇笏さんには用心深い面があったようです。バスで甲府に行く時、例えば午後一時半のバスに乗るのに、一時間以上も前にバス停に着いてしまう。結局、一つ前、午後十二時半のバスで行くことになる。もちろん甲府には早く着き時間をもてあまします。それを母は楽しそうに話していました。

■樋泉家の人たちは蛇笏、龍太のことをいつも誇りに思い、それぞれ思い出を大切にしてきた。豊子は自らの懐かしい記憶とともに、樋泉家の人々から蛇笏、龍太の思い出をたくさん聞いてきた。

夫の妹楊子さん（現姓山田）に聞いた話ですが、戦前のことです。すぐ上の姉萩枝さんと楊子さんがある時、家に遊びに来た龍太さんと近くの釜無川へ散歩に行きました。その時、龍太さんか、萩枝さんか、カメラを持って行きました。萩枝さんが「どこかロマンチックなところで写真が撮れるといいのに……」と言いました。すると、そばに生えていた月見草だったか、ナデシコだったか、龍太さんはそれを指してこう言ったそうです。「ほらここに、ロマンチックが二、三本……」。それをさりげなく。楊子さんはその時の思い出を宝物のようにしています。

■志ずゑは生前、蛇笏に似ていると言われた。気骨ある生き方、一途な強さがあった。志ずゑが亡くなった時、龍太は法要の席でこう言った。「蛇笏と志ずゑはよく似ていると言われるけれど、一番似ているのはわがままだったところ。周りの人は大変だったと思います」と。

家族のだれもが蛇笏、志ずゑを尊敬していました。むしろ畏怖に近い。それだけに誇りを守るために家族は必死でした。家族にしか分からない独特の感情。そこをくみ取って残された家族に心のこもった言葉をかけてくれた。龍太さんは本当に思いやりのある方でした。

■戦前の山廬を知る人も少なくなった。豊子は数少ない一人である。龍太を知ったのも戦前である。だが、最近、龍太のことを思い浮かべるとすぐに出てくる場面は古い時のことではない。晩年に近い龍太・俊子夫妻の姿である。

石和駅で龍太さんと俊子さんご夫妻が電車から降りてくるのを遠くから見かけたことがありました。晩秋の夕暮れ時でした。おしゃれな龍太さんはチロルハットのような帽子をかぶって。二人並んで向こうに歩いていきました。見ると、龍太さんが俊子さんの背中に優しく手をかけていました。本当に和やかな後ろ姿でした。なぜか涙がこみあげてきました。その時がご夫妻を拝見した最後でした。

親友蛇笏を訪ねた牧水の世話役に

樋泉志ずゑは一八九二（明治二十五）年、飯田家の長女として生まれた。蛇笏の六歳下。筋の通った気骨ある人柄で、よく似た兄妹と周囲は言った。甲府高女（現甲府西高）五期生で、卒業したばかりのころ、親友蛇笏を訪ねた若山牧水の世話をしたのが志ずゑだった。当時、祖母・なみが危篤だったため、家族は総掛かり。まだ十八、十九歳の志ずゑが兄の親友のため、手料理をふるまった。牧水は滞在の十一日間、なみの重病に気づかなかった。蛇笏とともに、志ずゑの心配りがいかに行き届いていたかを知ることができる。

志ずゑは蛇笏の句はもとより、百人一首もすらすらと暗唱した。聡明だった。若いころ、蛇笏もその才に期待した。樋泉家に嫁いだ後、二十五歳の志ずゑは「歩みやめては又語り行く月の友」という句を作った。この句が俳句同人誌に掲載された。蛇笏は雑誌を手に樋泉家を訪ね「おい、おまえの句が入っているぞ」とうれしそうに話した。

料理も裁縫も女性としての作法は早くて完璧。「非のうちどころがない人でした。男性的なキリッとしたところがある人で、いつも和服をピシッと着ていました」。晩年、豊子が「帯をしめないと楽ですよ」と勧めた洋服を着たこともあったが、やはり着物にすぐ戻り、生涯貫いた。

ある時は、母屋の煙だしが建築史上珍しいと大学の研究者が注目して調査に来る話があった。母屋は江戸時代中期の寛政年間に建てられ、梁など屋台骨は当時のままである。「ところが、母は調査の話を聞いた途端、『文化財などに指定されたら、何もできなくなる』と、調査前に大工さんを入れて外観をそこらじゅういじってしまった」

国会中継をテレビで見るのが好きで「独自の論評を加えながら見ていた」。一方で、プロ野球の大ファン。一つの試合をテレビで見ながら傍らに別の試合中継をしているラジオを置く。「ラジオの戦況に変化があれば『うん？』と耳を近づけた。男性的な面が多分にありました」

夫の汀波は一九五三（昭和二十八）年九月十二日に七十歳で亡くなった。以後、志ずゑは八八年十一月二日、九十六歳で亡くなるまで三十五年間、樋泉家の〝大黒柱〟だった。

九十歳になったころからよく小黒坂の話をした。「『兄さんが……』『龍太が……』と、あんなにも懐かしくなるものなのかと思うほどよく話した」。龍太の新刊本に目を通すのも楽しみだった。九十五歳の冬、「寒いから龍太に着せてやりたい」と自ら袢纏を縫った。出来上がったのが大雪の日。豊子は雪をかき分けながら郵便局に向かった。二日後、龍太から志ずゑにお礼の電話が入った。「大雪の中、九十五歳の叔母さんが外に出るわけがない」。龍太は口にしなかったが、豊子が郵便局まで届けたこと、袢纏が樋泉家みんなの真心の結実であることを分かっていた。

〈二〇一三年五月二十三日付掲載。聞き手・中村誠〉

添削し掲載「俳句に生涯を」

有泉七種

ありいずみ・ななくささん　一九二二年生まれ。本名有泉正一。東京慈恵会医科大卒。医学博士。五三年に長野県飯田市立病院に赴任して以来、飯田市に居住。七一年には雲母賞を受賞した。句集に『人日』『整』『丘』『季』、著書に『私の俳句鑑賞十二ヶ月』など。

俳人有泉七種は、雲母俳句を生涯の心のよりどころとして歩んだ。中央市に生まれ、都内の医科大の研究室に在籍中、依頼を受けて長野県飯田市の病院に行き、風物も人情も気に入って、請われるまま整形外科医院を開業。名医として、地域医療の向上に力を尽くすその傍らにはいつも俳句があった。七種は二〇一二（平成二十四）年十二月に亡くなった。九十歳だった。最晩年に飯田市の自宅で取材した蛇笏、龍太との思い出と、書き残した文章などを合わせて紹介する。

■七種と俳句との出合いは一九四一（昭和十六）年の夏。大学予科の学生だったが、身体検査で静養の必要があると言われ、山梨に帰省していた。

当時は軍国主義の時代。外国の書物など手に入れることができません。純粋な日本の文学、短歌、俳句だけが許されていました。そんな中、甲府市内で外科医をしていた大叔父から蛇笏先生の第三句集『山響

若かりしころの飯田龍太（右）と有泉七種
＝富士川・赤石温泉（有泉公子さん提供）

集』をもらったんです。「つりそめて水草の香の蚊帳かな」「水浴に緑光さしぬふくらはぎ」……重厚で格調が高い作品が並んでいました。一見、古風に見えながら、現代的な明るさも漂っていて、「これが現代俳句というものか」と感動をおぼえました。

■大学に戻った七種は同級生と「春蟬会」という俳句会をつくり、四二年秋から「雲母」の蛇笏選「春夏秋冬」欄に投句を始めた。

蛇笏先生の特徴は「必ず墨書のこと」。これは大変だった（笑）。宛名も蛇笏ではなく、「飯田武治様」と書かなければいけないんです。作品は半年ぐらい全部ボツ。厳しいんです。そろそろやめようかなと思いながら出した「とこしへに流れさる水落椿」という私の句を、蛇笏先生が「落椿この水永久に流れさる」と直して採ってくれた。これはうれしかったですね。直してまで載せてくれた、私は一生、蛇笏先生のもとで俳句を続けようと思いました。

■しばらくすると、蛇笏から「俳句をやるなら生涯を懸けるつもりでやれ」という文面のはがきが届いた。「山廬」と署名がしてあった。

「感激してね、おのずと熱が入りました」（「白露」一九九九＝平成十一年八月号より）

蛇笏先生と直接、言葉を交わしたのは一度だけ。四七（昭和二十二）年四月、東大の講堂で開かれた蛇笏先生の還暦句会の時のことです。大きな席上で初めて、私の句を一番下っ端の佳作で採っていただき、そのお礼とお祝いを申し上げたのが最初で最後。おっかなくて、仰ぎ見るような思いでしたよ。ギロッとした鋭い眼光が印象に残りました。

■その後七種は博士論文の執筆などで十年余、句作を中断。復活したのは蛇笏が亡くなる前年の六一年だった。

不肖の弟子なんです、私はね。飯田の自宅で蛇笏先生が亡くなったと聞いて、昔を顧みました。

「俳句に関しては、路頭に迷う想いが、いつまでも、続いた。飯田市立病院での、最初の月給で手に入れ、座右に置いて、時折繙いていた、句集『家郷の霧』を、あらためて、開いてみた。そこには、『鐵皿に葉巻のけむり梟の夜』『春めきてものの果てなる空の色』『おく霜を照る日しづかに忘れけり』……（略）などの作品が抜粋されていた。『ココデ蛇笏ヲ離レタラ、俺ノ俳句ハツブレテシマウ!!』真正面からの想いであった」（山梨県立文学館『歿後五十年　飯田蛇笏展』図録より）

■六〇年から蛇笏の負担を減らすため「雲母」に龍太選の「作品」欄が創設されたが、七種は蛇笏選にしか投句しなかった。

蛇笏先生が生きている間は、龍太先生の選をもらおうとは思いませんでした。蛇笏先生が体調を崩して「春夏秋冬」欄には一句しか出してはだめだ、残りは龍太のほうへ投句しろ、となって初めて龍太先生の選にも出したんです。龍太先生と初めて会った時に「あんたおやじに何年教わった?」と聞かれました。

龍太先生は甲府中学（現甲府一高）の一つ上の先輩。もしかすると学生時代にどこかですれ違っていたかもしれないですね。

■六四年に南アルプスが国立公園に指定されたことを記念し、飯田市で俳句大会が開かれた。水原秋桜子らとともに龍太が選者を務めた。

この時、龍太先生はお見えにならなかったんですが、これをきっかけに飯田に「雲母」の会ができたんです。はじめは中央から大野林火や角川源義らを招いて句会をしました。

■しばらくして句会に龍太を招きたいとの声が上がった。七種は依頼のため、初めて現笛吹市境川町小黒坂の山廬へ向かった。六六年だった。

桜が終わり桃の花がそろそろ咲くかなというころ。花冷えの寒い日でした。私は自動車の免許を取ったばかり。まだ高速も通っていませんでした。朝八時に来てくれと言われたので、かなり早くここ（飯田）を出たんです。二度ばかり「俳句をやる武治さんの家はどこだ」と人に尋ねながら山廬に着くと、龍太先生はまだ寝てました（笑）。

一緒に朝ご飯のトーストと紅茶をいただいた後、句会への出

山廬で飯田龍太（左）とともにリラックスした表情を浮かべる有泉七種（右）と妻の公子（有泉公子さん提供）

俳誌「白露」の特集で、編集部の井上康明から訪問インタビューを受ける有泉七種
＝長野県飯田市の自宅、1999年
（有泉公子さん提供）

席をお願いしました。龍太先生はあまりいい顔をしなかったのですが、これまで招いた中央の俳人たちの名前や、いつやるかは先生に任せますと申し上げたら「行きましょう」とおっしゃった。

その日は後山も案内してくれました。私も投句していた二之宮（笛吹市御坂町）で億兆会の句会が開かれる日で、そちらにもご一緒しましたね。私の「坂下の村きさらぎの薄日の中」は特選に採っていただきました。

初めてお目に掛かってから、龍太先生はよく吟行などに誘ってくれたし、俳句を抜きにしても親しくおつき合いをしてくれました。俳句のことで最初に言われたのは選者の立場になったときには俳句だけで付き合うようにしなさいということ。ほかのことで親しくなってしまうと情が移ってだめだと。だから龍太先生は私のことも最初は俳句だけで私を見ていたんじゃないかな。そのうちにこいつは面白いと思ってくれたんじゃないでしょうか。

■七種は第一句集『人日』（七六年）の序を龍太に依頼した。「（略）蛇笏の激情を沈静の風物に托して見定め、普羅の漂泊の詩心を、定住のこころで受けとめて胸中に醸す。平明と鮮烈、あるいは、その清澄な重みに、独特の気品が眺められるのは、こうした深い詩情のありようによるものではないかと思う。氏の将来はもとより、この一集を机上に置く私のよろこびもまた、すべて、このことにつきる」とあった。
普通の序文とは違うでしょう。ありがたいなと思いました。ただごとではないと。特に終わりが本当に……。これを読んでから真面目に、というか、これは遊んではいられないと思ったんですよ。

最期まで医師、俳人として

俳誌「郭公」の二〇一三（平成二十五）年二月号は、飯田龍太の七回忌に合わせて、その人と作品を振り返る特集を企画した。有泉七種はこの特集に寄せる文章をまとめた後に突然倒れ、一二年十二月十一日夕刻、井上康明主宰の元に原稿が届いたころに亡くなった。「雲母」「白露」と、その重鎮として活躍。毎年開かれる山梨句会には、居宅のあった長野県飯田市の俳句仲間を大勢連れて訪れ、その中心でいつも穏やかに笑っていた。そして最期まで現役の医師として力を尽くした。

一九七一（昭和四十六）年、雲母賞を受賞。龍太は、受賞作「雲の音」のうち数作を「ひと口に自然観照といっても、観照を超えてここまで作品の品位をたかめた作者の気迫にはなみなみならぬものがある」と絶賛した。具体的な例として「渓音にみだれて芽ぶく雑木山」「今年竹節ととのへて暑にむかふ」を挙げて「この二つの作品の振幅にこの作者の特色があるのではないかと思われる。直視と静観、断定と従順、あるいは硬質と柔軟——それらがその時その折によって自然のなかに自らの姿を映す」と記した（「雲母」同年四月号）。

酒豪であり、温厚な人柄だった。「山廬追想」の取材は土曜の昼下がり。持参していった甲府・松林軒の和菓子を見てふるさとを懐かしんだ後、大好きな「冷やっこいの」(冷酒)を片手に蛇笏の句をしみじみと愛誦、龍太の句集をひもといては敬愛する師への思いを語ってくれた。

信濃から人来てあそぶ秋の浜　　飯田龍太
(『春の道』より。一九七〇年作)

〈二〇一三年六月十三日付掲載。聞き手・村上裕紀子〉

蛇笏さんと二人乗り

風間蕉美

（笛吹市境川町）

「ここらへんでは一軒なしで俳句をしました。男衆も女衆も。どの家にも二、三人は俳号を持つ人がいました」。風間克巳（85）はこう切り出した。山廬は笛吹市境川町小黒坂にあり、風間家は小黒坂隣の小山。いずれも古くから俳諧が盛んだった。克巳の俳号は蕉美。蛇笏や龍太をはじめ俳句仲間だけでない、本名よりも「蕉美さん」と呼ばれることが多い。蕉美の父健児は牧村、健児の叔父雨宮亀太郎は雨石、それぞれ俳号を持った。蕉美さんも物心つくころから俳句に接してきた。

自宅二階で蛇笏さんと句会

「十歳ぐらいだったでしょうか。戦前、わが家がまだ蔵造りだったころ、二階で句会が開かれました。蛇笏先生や雨石さん、父のほか、石橋の大須賀秋雨女さん、小山の岡磯女さんたちが顔を出しました。二階の窓からは甲府盆地が一望できます。時々、その眺望に目をやりながら句作に励んだのでしょう。三時間ほどですが、二階があまりにも静かだったのを子ども心に不思議な気持ちでいたのを思い出します」

　蕉美は一九二九（昭和四）年、父健児、母ふじのの長男に生まれた。父は農業に従事、蛇笏の次弟武臣とは同級生で、子どものころから仲のいい友だった。戦後、武臣が帰郷するたびに健児のもとを訪ねてきた。小山の家から少し上がった小黒坂の妙見山晴雲寺のあたりから「おーい、健児さん」と大きな声が聞こえた。武臣が家に飛び込んできて「おお、いたかあ」とうれしそうにしていた。蕉美の家のすぐ南に飯田家の墓所がある。龍太も一緒に来ることが多く「墓参りをした後、父と武臣さんは長い時間、いろいろな話をしていました。武臣さんは子ども時代に戻ったように本当にうれしそうにして。富国生命の社長になってからも同じでした」と蕉美は振り返る。

蕉美は蛇笏から言われた次の言葉を今もよく思い出す。「俺はこういうこと（俳人）になってしまったが、蕉美はこんなこと（俳句）をむきになってやるんじゃねえぞ。食っていけなくなるぞ」。俳人として生きる厳しさの一端を知った、という　＝笛吹市境川町小山

　蕉美は十六歳で少年兵に志願、山口県の防府通信学校で学んだ後、海軍第三航空艦隊司令部に配属され、千葉の木更津航空基地にいた。日々、暗号電文を送り続けた。特攻隊にも志願したが、「戦争末期で、乗る飛行機もな

くなり」、第三航空艦隊と第五航空艦隊が統合されて奈良に集結、本土決戦に備えた。「奈良に着いて二、三日した時、広島に新型爆弾が落とされ」やがて終戦。「自分たちには何を意味しているのか知る由もなかった暗号の機密文書を、穴の中で十日間燃やし続けました」。復員後は両親を助け農業に没頭した。

牛車を巧みに〝運転〟

食糧難時代、飯田家の畑も手伝った。四歳年上の竜沢誠吾（俳号・青湖）、飯田家の外回りの仕事をしていた相澤義政、さらに龍太とともに毎日泥まみれになった。ジャガイモの栽培法を新たに考案した龍太の論文が専門誌「農業世界」で一等をとった時（一九四六年）も一緒にいた。「ところが、それを知ったのはしばらくたってからでした。他の人から聞きました。毎日顔を突き合わせていたのに本人は何一つ言わない。そういうことを自ら進んで言う人ではありませんでした」。飯田家は戦後すぐに牛を二頭飼った。そのうちの一頭には車を引かせた。「龍太先生はその扱いが実に上手だった。鋭角になっていた山廬近くの曲がり角も難なく通り抜けた。牛が引くリヤカーの先に乗って縄で鼻面を引きながら運転していたように記憶している。『どう、うまいだろ』と言いたげな顔をこちらに向けてにこっと笑いました」

著名な農学者が来県して苗床を使う栽培法の効果を力説、蕉美らがジャガイモにも取り入れようと龍太に勧めたことがある。「『直に撒くより収量が上がるのは確かだが、人手はどうする？　狭い耕地ならできるが、広い畑では無理』と龍太先生はきっぱり断言した」。農作業が終わると、山廬で夕飯をご馳走になることもあった。「蛇笏先生が畑に出ることはありませんでした。夕飯をおごっそうになっていると、出て来られて酒の一升瓶を下げてきて『これはうまい酒らしいぞ、俺は飲まんけんど、みんなで飲めや、龍太、ほれっ』と。そばで奥様の菊乃さんがにこにこ笑っていらっしゃっていた。菊乃さんを私たちは『おばちゃん』と呼び慕っていましたが、山廬を支えてきたおばちゃんの苦労は大変だったはず。でも、おばちゃんはいつも笑顔を絶やさない。年下の私のことも『蕉美さん』と親しく呼んでくださいました。りっぱな方でした」

「おまえの運転なら大丈夫か」

戦後、蕉美は甲府の製粉会社に勤務しながら農業を続けた。「大家族が食べていくにはとにかく働くしかない。父は祖父母に育てられ、わがままでした。母の苦労を少しでも減らしたいと働きました」。甲府の会社まで自転車で通った。ある時、いつものように自転車で下っていくと、なじみのある後姿が坂を下りていく。「蛇笏先生、乗っていきますか?」と聞くと「なんだ、おまんか。ほかの衆じゃ、ひっくり返されちゃ困るけど、おまんの運転なら大丈夫か、乗っけてもろうか」。石橋のバス停まで、蛇笏を荷台に乗せていった。未舗装路で石ころだらけである。「落としちゃならないんで、こちらも真剣そのもの。先生も『落ちてはならない』と身構えていたんでしょう、黙って乗っていました」

山間に「亀ノ甲」と呼ばれた場所があった。一帯が飯田家が所有する山だった。戦後すぐ、その山を開墾するとになり、測量作業が行われた。その際、蛇笏は測量業者とともに山に入ったが、蕉美に声をかけた。「測量が終わるたびに木杭が打たれました。杭の頭に墨で『+』印を書いていくのです。最初は蛇笏先生が自ら筆を執っていましたが、『それ、こっからは蕉美頼むぞ』と任されました。懐かしい思い出です」

俳句は境川だけでなく、近郷近在でも盛んだった。「あのころはみんなよく歩きました。芦川の句会で、蛇笏先生や五味洒蝶さん、榎本虎山さんらと山越えしたこともありました。あちらでは仲間の家々に分散して泊まりました。私自身、芦川から炭を背負って戻ったこともありました」。戦死した句友の追悼句会が旧御坂町（現笛吹市）の南照院で開かれたことがあった。蛇笏について数人で歩いて行った。「蛇笏先生は着物で下駄ばき。一時間半から二時間かけて歩いて行きました。帰り道、知り合いの若い電気屋さんが工事中に落ちて亡くなったことを聞いた。追悼句会で蛇笏先生が出された句『南無諸霊月花のうへをわたるなり』をあらためて挙げて、若い電気屋さんの死と重ね、先生としみじみ話したのを覚えています」

ある日、蛇笏が蕉美に「おやじさんに以前、米を貸したことがあるが、あれをまだ返してもらってないかもしれんぞ」と言った。「そりゃあ、申し訳ありません。すぐにお返しします」と言って、蕉美は収穫したばかりの餅米を持って行った。しばらくして蛇笏さんが嬉々とした表情で言った。「あの餅米は評判がいい。井伏（鱒二）さんに餅を出したところ『これぞ本物の餅だ』と絶賛していた」。その時から数年の間、蛇笏は蕉美から餅米を買い続けた。

「二人とも座れ」蛇笏の怒り

晴雲寺に地元の人の句碑が建ち、除幕式が行われた。式に合わせて俳句大会も開かれ、入選した句を板に書いて本堂などに掛けられることになった。「連掛け」と言われた。選者は洒蝶や虎山らとともに龍太も行うことになった。蕉美と龍太が、蛇笏に報告に行った。「連掛け？　そんな古いことやるのか。二人ともそこに座れ」。蛇笏が烈火のごとく怒り始めた。蕉美と龍太は蛇笏の前に正座した。連掛けで書を担当するのが龍太だと思ったらしい。「蛇笏先生が最初、何に怒っているのか分からなかった。やがて、『龍太に書かせては駄目だ』という。誰が書くのか、決めてなかったけど、とっさに書がうまい近所の人に書いてもらうことにして蛇笏先生に伝えると、『選だけだったらな』。次第に怒りが収まっていった」。蛇笏にとって書を残すことは重大な意味を持ち、慎まなければならないことだった、と蕉美は振り返る。勝手に蛇笏句碑を建てたことに立腹し、碑文の一部を削り取ったのは有名な話だ。

「蛇笏先生にとって書は自らの分身、命ある尊いものだったのでしょうか。二人並んで怒られたことは苦くも懐かしい思い出ですが、蛇笏先生の生き方を教えていただいたような貴い気持ちになります」

〈書き下ろし。聞き手、写真・中村誠〉

親子二代で山廬の仕事

相澤和子

（笛吹市境川町）

「『ただいまーっ』。山廬には必ずこう言って入りました。自分の家では言わなくても。もう一つの実家のような存在でした」。相澤家は山廬がある笛吹市境川町小黒坂の上、大黒坂にある。いずれも急な坂道にあり、それぞれの家がどっしりした石垣の土台に支えられている。深沢七郎が「楢山節考」で描いた舞台は、この大黒坂をイメージしたとされる。相澤和子は父義政から引き継いで四十年以上、山廬に通い、飯田家の日常の仕事をしてきた。

和子は一九三二（昭和七）年生まれ。父義政は家業の養蚕とともに、戦前から飯田家の外回りの仕事をした。寡黙で誠実な人だった。誰もが「よしまさやん」と親しみを込めて呼び、蛇笏をはじめ飯田家の人々の信頼は厚く、「雲母」の俳人たちからも慕われた。和子も物心つくころから義政に手を引かれ、山廬の門をたびたびくぐった。「父はわが家のことよりもまず飯田家のこと。朝早く行って夕方帰ってくる。一年二百四十日通い詰めました」（和子）

和子は隣家の等と結婚、等の仕事の関係で東京に暮らしたが、一九六一年、和子二十九歳の時、母ほのじが逝去、三十四歳の六七年には等を亡くした。その時、長男寿は十歳、長女喜恵子は八歳、次女珠美は三歳。和子は一人で三人の子を育てるため、朝から晩まで働きづめだった。昭和四十年代後半には年老いた義政に替わり山盧の仕事も始めた。飯田家の人たちは和子を身内のように慕い、蛇笏は寿と喜恵子、龍太は珠美の名付け親となった。

和子は龍太の妻俊子を助けて除草や掃除、お勝手仕事など最初のうちは週二、三日、龍太が「雲母」を終刊した九二（平成四）年以降、とくに夫妻の晩年にはほぼ毎日のように二人のもとに通った。龍太と俊子も和子を妹のように慕い、三人で過ごす時間を楽しんだ。

「冷たいこん、言っちょし」

龍太は和子との語らいを心底楽しみ、時には随筆の題材にした。ある時、縁側で庭木の剪定をする龍太を俊子と和子とで何気なく眺めながら話していた。郵便局長が植木の剪定が好きでよく高い所に登り、最近、脚立から落ちた話になった。すると、俊子が「うちのお父さん（龍太）も高い所が好きで、危なくて困るじゃんね。ほらっ、脚立を持ち出した。上ろうとしている。和子さん、支えてやって」と。そこで和子が脚立を支えながら上にいる龍太に向かって言った。「先生、先生が落っこちるのも、落っこちないでいるのも、私の了見一つですよ」「和子さん、そんな、冷たいこん、言っちょし（言わないで）」。三人で大笑いした。

「今から思えば、恥ずかしくなるようなこともあるけど、先生はどんな質問にも全部答えてくれました。他愛ない質問にも絶対笑うことはありませんでした」。和子は龍太に何でも聞き、龍太は時間をかけて丁寧に答えた。「新聞のセンをする」という言葉が出た時、和子は「新聞記事の大事な所に先生が筋（線）を引くんですか？」と聞くと、龍太は「それは選ぶ意味の『選』のことで、新聞社が応募する俳句から優秀な作品を選ぶことだよ」と優しく答えた。また、「先生、子どもの俳句大会があるけど、賞をとるような俳句は親が手を入れているんじゃないですか？」と聞くと、龍太は「そんなことはないんだ。親が作った句か、子どもが作った句かはすぐにわかるんだ。そうでなければ選はできないよ」と話した。

「私は俳句のことは何もわかりません。でも、龍太先生が日本一の先生であることはわかる」。龍太と和子との明け透けな会話は、龍太の随筆のような小気味よいテンポと深い味わいがあった　＝笛吹市境川町小黒坂の「山廬」

和子が友達と食事に行った時のこと。箸でしか食べたことがなく、ナイフとフォークで食べることに難儀したことが話題になった。前の人のまねをして食べると、友達から「持ち方が違うよ」と言われた。その話を龍太に言うと、「いいんだ、いいんだ、そんなもんをわざわざ使う必要はない、箸で食べればいいんだ。日本人は小さいころから箸で食べてきたんだ。そんなものでかっこつけて食べることはない、そうでなければうまくない、箸で食べやすいように食べる。それが一番のごっそうだ」と言った。

辞典より分かりやすく

「竹のこと、石垣のこと、魚のこと……先生は何でも知っていました。だから私はわからないことがあると何でも聞きました。その答えが辞書よりも詳しいし、わかりやすい」。和子はある時、龍太から使っていた古い国語辞典を処分するというので譲り受けた。「ところが、一度も使ったことはない。辞書以上の先生がいるんだから辞書なんかいらなかった」。龍太が亡くなった後も辞典を開かない。「単語一つの引き方はわかるけど、それだけ。先生のようにいろいろな話に広がらないし、深まらない。先生に辞典の使い方をもっと聞いておけばよかった」

飯田家全員、和子も「雲母」終刊前には奥の仕事部屋の龍太を気遣った。「時折、部屋から外に出て庭をゆっくりと何度もめぐっていることがありました。そういう時は絶対に声をかけませんでした」。俊子と味噌を作ることがあった。大釜を使って大量に味噌を作るため、ひと騒ぎになる。そこで龍太の予定を俊子が聞き、外出する日を味噌作りの日にあてた。

和子は二人の前で本音を語った。ある時、三人で炬燵にあたりながら和子が龍太に向かって言った。「先生は偉い人だ。だけど、それを支える奥さんの苦労を忘れちゃだめだ。二人とも生きているうちに言っておきます」。「それは和子さんの言うとおりだ」。龍太が真剣な表情で言った。そばで俊子が黙って聞いていた。

山廬裏手の池の周りにミョウガが生えた。「ミョウガの葉でなった縄は丈夫で切れないんです」。和子が言うと、龍太は「ミョウガで縄がなえるの？」と驚いた様子で聞き返した。裏から枯れた葉を持ってきて実際に縄を作ってみせると、龍太は「和子さんにとってはただの縄かもしれんが、俺は初めて知ったこと、どれほど足しになったか、どれほどためになったか、教えてくれました。ありがとう」とうれしそうに話した。

ある年の秋、キノコ採りの名人でもある龍太に和子はこう切り出した。「だれでもいつかはあの世に行きます。先生、生きているうちに山のキノコの採れる場所を教えてください」。和子はいつもの調子で冗談のつもり、龍太もいつもの調子でうれしそうに笑いながら「よしっ、じゃ行ってみよう」と応じた。和子は自らの軽トラックを乗り出した。「偉い先生がわが家のボロ車の助手席に座っていることが申し訳なくもあり、不思議でならなかった」。一、二カ所立ち寄りながら山に入っていった。「あの上の方にいいキノコが出る。真ん中あたりの平らな所があるけど、あそこは蛇が多いんで、注意が必要だ。そこから下は雑キノコだ」と龍太は山を見上げ、指さしながら丁寧に説明した。帰りの車中、和子は「先生、こんなボロ車に乗せて悪かったです」と龍太に言った。すると龍太はこう答えた。「いやあ、風もどんどん通り抜けるし、景色もたっぷり見える。こういう車が一番だ」

お互いを気遣う夫妻

俊子が入院生活を送った時のこと、和子は山廬と病院の間をほぼ毎日往復した。「奥様は、家にいる先生のことを何でも聞きたがって。夕方になり、そろそろ帰ろうとするタイミングで『日が長くなったね』とさり気なく言いました。もう少しいてほしい、という合図でした」。その後、山廬に寄って龍太に俊子の状況を話した。すると、龍太は「ご苦労さまでした」と自らお茶を入れて労った。「奥さんのことを逐一聞きたかったのでしょう。私も調子がよくないような話はしませんでした。調子のいい時はしっかり伝えました。『先生、今日は点滴が一本になりましたよ』『今日は、こんなに食べましたよ』と……」。外も暗くなってきて話が終わらないと「暗くなって和子さんは運転が大変だから、日之出（笛吹市石和町の夕クシー会社）を呼ぶよ」と話の続きを聞こうとした。

「龍太先生は俊子さんを本当に愛していました。もちろん俊子さんも……」。和子がしみじみと振り返る。

二〇〇七年二月二十五日、龍太さんが八十六年の生涯を閉じた。しばらくして甲府市内の病院に入院中の俊子から和子に電話が入った。「和子さん、ちょっと用事があるので来てもらえませんか?」、和子が病室に入ると、ベッドから体を起こし、座り直して背筋を伸ばした。「どうしたんですか? あらたまって……」。恐縮する和子に俊子はこう言った。「和子さん、お父さんの面倒をこれまでみてくれてありがとうございました。そのお礼を言いたかった」。和子の目に涙があふれた。「奥さん、家族みんなで先生を看取られました。先生もお幸せでした」。和子もそう話すのが精いっぱいだった。

〈書き下ろし。聞き手、写真・中村誠〉

〝消息を絶った〟二人

中倉　茂

（西八代郡市川三郷町）

「引っ越しに次ぐ引っ越しでした。あの何万冊の本と一緒に」。中倉茂は一九四六（昭和二十一）年五月、南方から復員した。「甲府駅前でぼう然としました。二、三の建物が建つばかりで一面の焼野原でした」。その年の秋から県立図書館に勤めることになった。

中倉は一九二七年、旧春日居町桑戸生まれ。玉幡の航空技術学校に学び、わずか十六歳でシンガポールの南方航空に就職、技術畑一筋に歩んだ。「復員後、自動車の整備でもしようかと漠然と考えていました。まさか、図書館に勤務するとは……。人生わかりません」。街中まだあちらこちらで焦土がむき出しだった。

『山梨県教育百年史　第三巻　昭和後期編』（一九七九年、県教委）によると、戦前から県立図書館として使われた県庁敷地内の建物（後に南別館）をアメリカ軍政部が撤収、図書館は四六年、甲府工業学校（現甲府工業高）の武道場、次いで四八年には県議会議事堂地階に移転した。

封印が解かれた名著

「初仕事が甲府工業への引っ越しでした。『一週間で出ていけ』と言われたそうです。武道場の中に木造の書架が急きょ作られて。何とか一週間で引っ越しを完了しました」。引っ越しの中で中倉は古びた行李を目にした。厚い布製で鍵がかかっていた。館長から開封の許可を得て鍵を開けた。マルクス・エンゲルスの著作が詰め込まれていた。「外に出してもいいんですね」。館長は大きくうなずいた。「戦争が終わったことをあらためて実感して」読みふけった。何よりも戦中に公然と読めなかった本が捨てられず、焼かれることもなく、残されていたことに驚いた。「教育は時代が変われば変わってしまうことがある。戦前と戦後が証明している。だが、図書館の本は時代には関係ない。今読まなくても読めなくてもいつか読む時が来る。図書館の先輩たちは行李の中に入れて保管した。図書館人の信念を実感しました」

一九五〇年、アメリカ軍政部が旧図書館舎から撤収することになり、四年ぶりに図書館が旧舎に復した。同著によると、旧館復帰当時、一般閲覧室の定員は六十四人だったが、来館者が激増したため別の部屋も閲覧室に充て、五三年七月までには定員百五十人とした（五四年五月には読書環境を整えるため百二人に減席）。抑圧された生活から解放された人々は物心両面で豊かさを求めた。図書館は庶民の心の充足を得る場となった。龍太が図書館に就職したのは、そうした時だった。図書館長は前弘前大学図書館長の三谷栄一だった。

五一年四月、龍太が県立図書館に勤め始めた。当時、図書館には整理係、館内奉仕、館外奉仕の三係があった。中倉は整理係、川手兵武係長のもとにいた。龍太は館外奉仕係長だった。「館外奉仕は県内各地の読書団体に三十冊、四十日間の貸出を行う貸出文庫や図書購入などの仕事が主でした。館内奉仕は来館者への閲覧や貸出などが主な仕事でした」。参考事務と呼ばれる「レファレンス」もすでに五二年から始まっていた。同書によると、レファレンスは同年に九百五十五件、一日平均三・五回だった。資料が不足した場合には、国立図書館や横浜アメリカ文化センターなどから資料提供の応援を得たという。

龍太が勤め始めて五カ月後の九月、貸出文庫を利用する読書会が相互の交流をめざして山梨県読書会連合会が誕生した。貸出文庫は、最盛期の五三年に約三百の読書会が利用したという。おそらく、龍太の初仕事はこの山梨県読書会連合会を設立することだったに違いない。同時に龍太は新しい仕事を任された。自動車文庫「みどり号」の導入である。

出張先で連日の句会

「自動車文庫の先進地は大阪。『山深い山梨で、自動車文庫は便利。飯田係長と二人で大阪に見に行きなさい』と出張の指示がありました。当時、私は整理係。いつも内勤で外の世界を見る機会もないから後学のためと、少しの息抜きという配慮もあったのでしょう」。甲府を出て一路大阪、と思った。「ところが、飯田さんが車中で突然『ちょっと寄っていきたいところがあるんだ』と言い出して」岐阜で途中下車した。

着いたのは蛇笏の弟子の家だった。旧家で医者だった。奥座敷に通された。主人自ら茶の湯を立て始めた。「さて、困りました。私は茶の湯の作法などわかりません。目の前に茶碗が出されて、どうしたものかと冷や汗が出ました。そこで、私より年長だし、旧家の飯田さんならご存知だろうと『どうするかなあ』と様子をうかがっていました」

ところが、龍太は目の前の茶碗をひょいと片手で持って口元に運んでお茶を飲み始めた。ふだんと全く変わらない調子で飲んでいた。それを見て、中倉も茶碗を片手に飲んだ。医家を辞した後、龍太に聞いた。「お茶の作法はご存じなんでしょう？　あの飲み方でよかったのでしょうか？」と。すると龍太は「わかるにはわかるんだけど、でも、ああいう時は、なまじっか、知ったかぶると恥をかく。生兵法でやってもだめ、それよりも『いただきます』と言って胡坐かいて普通に飲んじゃった方がいいんだ」

その日に大阪で車を見る予定だったが、もう間に合わない、大阪に着くのがやっとで、翌日、大阪府立図書館に行き説明を受けた。その日の宿泊先は蛇笏の高弟の宮武寒々宅。「大阪の中心地で、大きな傘屋さんでした。間口は狭いんですが、奥がずっと深かった」。ところが、大阪に住む蛇笏の弟子たちに一斉に連絡がいったのだろう。「大阪の人たちから『どうしても句会を』と呼ばれてしまって……」と翌日から句会が開かれることになった。「あまり長くいたらお金もなくなっちゃいますよ」と心配すると、龍太は「いやいや、大丈夫、大丈夫、お金ならあるから」

「ところが、大阪のお弟子さん宅では、手厚いお心遣いでした。夜になれば『お寒いでしょう』と湯たんぽまで持ってきてくださる。広い座敷で、布団は大きくてふかふか。あんなりっぱな布団に寝たこともなかった（笑）。何から何まで。確かに飯田さんの言うとおりお金はかからなかった」。翌日から句会が続いた。「一緒に行く？」と聞かれたが、中倉は「私が行っても仕方ない、いいですよ、私は本でも読んだり、食べ歩いたり、パチンコでもしているから……」。いってらっしゃい」と答えた。二日間の予定をはるかに過ぎて山梨に戻った。連絡ひとつしてなかったので〝消息を絶った〟二人をみんなが心配していた。副館長の雷も落ちた。「ところが、副館長は私を呼んで叱る。飯田さんは叱らない」。心配だったのはもちろん、図書館に入ったのは中倉の方が先輩、龍太のお目付け役のつもりで中倉を随行させたのだろうか、「あの時は怒られた、怒られた」。中倉は振り返る。

「親父さんの後を継ぐんですか？　たいへんでしょう？」。龍太に聞いたことがある。すると、龍太は答えた。「いや、なんとかなるよ、枯れ木にカラスが止まっても絵になるんだから、なんとかなるんだよ」。中倉は山廬に何度か訪ねている。蛇笏にも会っている。「全国にたくさんの会員を持つ『雲母』という俳句結社、さらに、風格のある家、広大な屋敷も拝見して『この後を継ぐのはたいへんだろうなあ』と思いました」

戦後、社会教育の第一歩

自動車文庫「みどり号」の運行が一九五三年十月から開始され、たくさんの本を載せて県内百二十五カ所のステーションをめぐり本の貸し出しを行った。『山梨県教育百年史　第三巻　昭和後期編』によると、貸出開始から六カ月後の五四年四月には、利用者九千百十七人、一万七千八百四十六冊の図書が貸し出された。龍太は同じ四月、県立図書館を退職した。その三年後、「みどり号」のステーションは二十八倍の三千五百四カ所、貸出冊数（個人・団体）は十四倍の二十五万二千七百九十一冊に上った。特に利用者の職業では農業が五十三・九パーセントで最も多く、当初の狙い通り、農村への読書普及が大いに進んだ。

中倉は戦後の第一歩から図書館一筋の道を歩んだ。それも自ら進んで分館を希望し利用者により近いところに立ち、寄り添い続けた。「みどり号」は戦後を歩み始めた山梨で、社会教育の礎の一つとなり、地域文化を発展させる原動力になった。戦後の第一歩に龍太は深くかかわった。「あのころ一緒に勤めた仲間はもう誰もいません、飯田さんとの思い出は私にとって大切な宝物です」。中倉がしみじみと語る。

〈書き下ろし。聞き手・中村誠〉

〔追記〕中倉茂さんは二〇一五年五月三十日、八十七歳で逝去されました。

俳句にとどまらない教養

髙室陽二郎

（甲府市高室町）

武田氏時代から甲府市南部の旧高室村（現甲府市高室町）で医業を営んできた髙室家。一七〇〇年代に改築された母屋をはじめ、すべての建物群は二〇一〇（平成二十二）年、広い敷地とともに国の重要文化財に指定された。医療では江戸時代には多くの門人を輩出する一方、家庭薬「髙室五香湯」もこの髙室家で製造・販売されてきた。

髙室呉龍（本名五郎）は一八九九（明治三十二）年、この旧家に生まれた。髙室家は江戸時代まで「五郎兵衛」を襲名していた。呉龍は旧制甲府中学（現甲府一高）から早稲田大に進んだが、病気のため中退、郷里に戻った。呉龍の十四歳年上である蛇笏も江戸時代から続く地主の家に生まれ、早稲田大に進学したが中退、帰郷した。医と農、家業こそ違うが、東京に学び、自らの意に反し帰郷を余儀なくされ旧家を継いだことなど、蛇笏の境遇とよく似ている。呉龍の第一句集『朝の雪』（一九五〇年）に所収された作品は一九二〇（大正九）年からの作品。蛇笏三十四歳、呉龍二十一歳。龍太誕生の年でもある。「雲母」創刊から五年。同じころ蛇笏門に入った榎本虎山とともに、後に「雲母の龍虎」と呼ばれた。蛇笏が最も信頼する人として、生涯にわたり「雲母」を支えた。

呉龍と蛇笏との縁は、高室家と飯田家双方の親戚にあたる花輪村（旧田富町東花輪、現中央市）の医師樋泉汀波が仲立ちだった。汀波は名医として知られ、高室家も飯田家もだれか病気になれば汀波の診察を受けた。「私も汀波さんには何度も往診していただきました。自転車に医療鞄をつけていた」と呉龍の二男、陽二郎は振り返る。こうした関係から蛇笏はたびたび樋泉家を訪ね、句会を開いた。大正半ばのことである。「そこで、『雲母』に若い人を入れようという話になったらしい。『高室の息子（呉龍）はどうだろうか？』。そんな話が出た。すぐに呉龍は花輪の樋泉家に呼ばれ、蛇笏さんに会い、入門したと言います」と陽二郎は話す。

愛知県幡豆郡家武村（現西尾市）で創刊された「雲母」（創刊時は「キララ」）の発行所は、一九二五年二月、甲府市愛宕町三年坂の犬塚楚江宅に移された。しかし、翌年の一九二六年九月には呉龍宅に発行所が移され、一九三〇（昭和五）年四月、山廬に移るまでの四年間、呉龍が編集、経理まで含む発行人となった。陽二郎は二九年十二月生まれ、二〇一五（平成二十七）年で八十六歳。父から「雲母」発行所が自宅に移る前後のことを二、三度耳にした。自著『山と人』（山梨日日新聞社）にも書いた。

ある夜、呉龍は蛇笏と二人で愛宕町の犬塚家に向かった。話が終わり、蛇笏と呉龍は連れ立って太田町公園まで行き、二人でブランコに乗りながら話し、また歩き出して伊勢町の通りを南下、笛吹川と合流する荒川の二川橋までゆっくり歩き話し合ったという。「二川橋まで来た時、夜が明けたと言いますから、徹夜で話し続けたのでしょう。父は私には話の中身について詳細には語りませんでしたが、『雲母』の発刊をめぐる重大な問題だったようです」と陽二郎は語る。その直後、呉龍が編集・発行の責任者となった。「私が物心ついた時には既に山廬に発行所が移っていましたが、『雲母』の原稿用紙や封筒が家のあちらこちらに置いてありました。後年のような編集部はないので、集まった原稿を一人で割り付けて編集したようです。もちろん、蛇笏先生に目を通していただき相談しながら進めたのでしょう。その頃の編集は一字一字を数え、ずいぶん手間がかかったようです」。陽二郎は話す。

呉龍は俳句だけでない。文学を中心に芸術全般に関心が強く、遊学中、歌舞伎や文楽も好きだったし、謡は宝生流で自らうたった。陽二郎も幼いころから風呂に入りながら父の謡を聞き、いつしか真似するようになり、父や親せきとともにうたったこともある。演目は「羽衣」が多かった。「風呂の中で主要な部分を親父が次々と解説してくれた。それが突然カチューシャの唄やカルメンも歌い出すこともあったが、能の魅力は語りだすとキリがなかった。小さな私を前に裸で語りました」。高室家にとって謡曲は代々心得があったようで、江戸時代、甲府城の勤番士が来訪した際、囃子を披露してもてなした記録がある。蛇笏も小説家を目指したこともあり、俳句にとどまらない深い教養の人である。それが蛇笏と呉龍を近付ける大きな理由だったに違いない。

芭蕉の墓を抱く〝俳聖〟

呉龍は蛇笏の旅に何回か同行した。陽二郎が生まれる一九二九(昭和四)年秋、蛇笏は呉龍を伴い松尾芭蕉の墓所、義仲寺(滋賀県大津市)を訪ねた。墓石は高さ約五十センチ。蛇笏は墓前で脱いだ中折帽を胸に当て、じっと立っていた。ところがしばらくして、膝をつき墓石を抱きかかえたという。「父にとって極めて強烈な場面だったらしい。蛇笏先生の没後も、父は身振り手振りを交えて何度も話しました。そのたびに私も二人の師弟の心情を思い、あつい思いを感じました」と陽二郎は話す。

「陽ちゃん、お送りしなさい」。高室家を辞する蛇笏を二川橋まで何度か送った。田んぼの中に続く約二キロの道を二人で歩いた。蛇笏は着流しで下駄履きが多かった。高室家ではしばしば句会が開かれ、蛇笏も足を運んだ。「鎌田川(水源は中巨摩郡昭和町―中央市)にゲンジボタルがたくさん飛んで、『蛍見句会』と称した句会も開かれました。祖母は『ダコッさん』と親しみをこめて呼び、蛇笏先生の来訪をいつも楽しみにしていました」

陽二郎が山廬を訪ねた時、今度は蛇笏が「そこまで送ろう……」と言った。陽二郎は自著『山と人』にその時の様子を次のように記す。

《先生は提灯に火を灯すと、下駄ばきで庭に下り立ちました。坂を登って火の見櫓のあたりでお別れしようと思っていたのに、こんどは砂利の下り道を話しながらとうとう石橋の宿《しゅく》まで来てしまいました。

「もう結構です」

私は辞退しました。

しばらく歩いてから振り向くと、提灯の明かりが止まったままこちらを向いています。その灯に向かって私は深く頭を下げました。

笛吹川の土手の上から眺めると、山廬は闇の中。先生はあの砂利道を登っているのだろうと思いました。》

戦後、陽二郎は山梨日日新聞社の記者となった。会社の前に「雲母」を印刷する又新社（現サンニチ印刷）があった。ある日、陽二郎が又新社へ行くと、事務室の片隅で蛇笏が机に向かっていた。蛇笏は陽二郎に気づき「おう！」と笑顔を向けた。「先生、何ですか?」「校正しているんだ」。見ると、原稿用紙に赤インクで校正の跡がいくつも付いていた。当時、境川―甲府間はバスか、自転車が主流。「先生は境川から一時間以上かけて甲府まで通っているのか……」。陽二郎にはその姿が今も鮮やかに蘇る。その後も一人で校正作業をする蛇笏を何度か見かけたという。

陽二郎の叔母が甲府の山田町に住んでいた。黒光りした階段を上ると、大部屋があった。甲府句会はそこで何度か行われた。蛇笏は早めに到着して、叔母と炬燵にあたりながら話をするのが常だった。蛇笏は終始笑い、楽しそうに世間話をした。陽二郎も顔を出すことがあり、大人の仲間入りをした。戦後間もない頃である。ところが、ある日、いつもとは明らかに様子が違った。二人が神妙に小声で話していた。陽二郎はしばらくたってから襖を開けた。「蛇笏先生がちらっとこちらを見た。その目が真っ赤。泣いていたようです。あの時の印象は鮮烈で今もありありと浮かんできます」

近年、陽二郎は蛇笏から呉龍に宛てた百通を超える手紙の翻刻を行った。その手紙を入れた袋には呉龍直筆の筆でこうあった。「俳聖蛇笏書簡」。陽二郎は一字一字、時間をかけ翻刻、現物はすべて県立文学館に寄託した。

手紙の一通一通から、蛇笏と呉龍との強い絆が感じられ、親しみがあふれていた。陽二郎自身も終戦直後、「雲母」に入り、寒夜句三昧や句会に何回か通った。新聞記者時代には取材で山廬に行くことも多かった。龍太との交流も戦後すぐに始まり、龍太が亡くなるまで続いた。龍太は「雲母」の大会など主要行事など公私に関わらず、さまざまな場で陽二郎に声をかけた。一九九二（平成四）年の「雲母」終刊に伴い開催された最後の甲府大会では、最前列中央、龍太の座席隣には陽二郎が座った。龍太から座るように言われた。

「陽二郎君、来ない？」

ある時、陽二郎が妻の美津枝さんと清春白樺美術館（北社市）の桜を見に行った。そこでばったり龍太と会った。少しお酒が入っている様子。「陽二郎君、ちょっと来て」と手を引っ張って行こうとする。気付くと、美津枝さんはいつの間にか場を外していた。「おもしろい皆さんがいるから……」と龍太。仕方なく、龍太の意のままとなった。奥の日本間に入ると、真正面に井伏鱒二、河上徹太郎ら著名な人たちがずらりと並んでいた。「皆さん、ご紹介します。友人の高室陽二郎さんです。地元の新聞記者です」。龍太

1989年11月、甲府で開かれた雲母全国大会前夜祭の席上、龍太（写真中）、日本画家・のむら清六（写真左）とともに。のむらは「雲母」の表紙を通算20年以上にもわたって描いてきた。右が髙室陽二郎。清六は、この写真を「三笑図」と呼んだ（赤井哲哉さん撮影、髙室陽二郎さん提供）

が陽二郎を紹介した。「『おもしろい皆さん』どころではない、錚々たる顔ぶれでした。あの時は実に恥ずかしかった」。陽二郎は懐かしむ。

ある時、龍太から会社に電話が入った。「今、井伏先生がいらっしゃっているけど、来ない？」。一緒に石和温泉の旅館の糸柳を訪ねると、二階の奥まった部屋に井伏と節代夫人がいた。「釣りの話から文学まで、笑いながら会話が始まった。一言一句に深みがある。しかも品格があった。不思議です」と陽二郎。「井伏さんと龍太さんの随筆には双方に相通じる深い味わいがある。書きっぷりもどこか似ているところがあります」

帰るころになって、井伏が話題を変えた。「あなたのところの新聞は一八七二（明治五）年の創刊だよなあ。あのころは甲州には活字はなかったから、木版だろう」と切り出した。創業者の内藤伝衛門は火急なことだったので、江戸は神田の版画商の瀧澤という男を呼び、七月一日の発行に間に合わせようとした。その話に及んだ時、井伏が聞いた。「瀧澤は笹子峠を籠で越えてきたそうだが、そのとき瀧澤は籠に乗ったまま越えたのか、あるいは籠から降りて、空の籠と一緒に走ったのかなあ」。陽二郎は答えに窮した。

会社に戻り、文献を漁った。ちょうど、山梨日日新聞社が『山梨郷土史年表』（山梨郷土研究会編）を発刊したばかりだった。ところが、創刊した記載はあるが年表だからそこまで書いていない。社史を見ても瀧澤という技術工が呼ばれたこと、早籠で越えたことは書いてあっても、乗ったのか、降りて併走したのかまでは書いていない。ひとまず、年表だけは井伏に贈呈しようと、陽二郎は翌日一人で糸柳に向かった。

長い沈黙、鋭い目で熟読

「これはおもしろそうだ。ありがとう」。井伏は、すぐに読み始めた。それがぴたりと止まった。そこは一八七二年前後のページだった。一言も発することなく読んでいる。

「声をかけていいものやら、その緊迫感は忘れられない。その厳しい表情は今も思い出す。前の日、龍太さんと談笑していた時の顔とは全く違う。明治五年というと山梨は百姓一揆、若尾家打ち壊し、大小切騒動、神仏分離騒動……。政治も世情も大混乱でしたからね。井伏さんは、笹子を越えた一人の男の背景を思い描いていたのかもしれません」

龍太も生前、陽二郎と同様な〝井伏体験〟を語ったことがある。龍太がイノシシに襲われた夫を助けた、近所の勇敢な女性のことを井伏に話していると、談笑していた井伏の目が瞬く間に険しくなった。しばらくして随筆「小黒坂の猪」が発表された。「龍太さんは井伏さんといつも親しげに話していたが、いつもお二人の間には崇敬の念が流れているといった態度がありました。普段、どんな時でも深い文芸性が背後にあったと思われます。それにしても思い起こせば、この日のことを龍太さんには『年表をお渡ししましたよ』とは報告しましたが、井伏さんが一八七二（明治五）年前後のページを食い入るように読んでいたこと、奥様も含めた三人の無言の時間がとてつもなく長く感じたことなど、そこまでは報告しませんでした。糸柳の奥まった一室での異様な空気は報告すべきだったと今でも思います。もし、龍太さんにその話をしていたら何とおっしゃったでしょうかねえ……」

〈書き下ろし。聞き手・中村誠〉

山廬私想

境川村（現笛吹市境川町）小黒坂に生まれた俳人の飯田蛇笏、龍太父子の作品は、俳句の世界に大きな足跡を残した。現代にあって、両氏の作品をどう読み解くのか。歌人、作家らのほか、他ジャンルの人たちに寄稿してもらった。

俳句の道、人生の道

俵　万智

俳句を作る人から、たまに言われる。「歌人は、いいですよね。カジンは佳人とも書く。我々、肩書を聞かれてハイジンですと言うと、別のほうのハイジンを連想されちゃうことがあって」。

一生を賭けし俳諧春の燭　　飯田蛇笏

この句を読んだとき、ふと「徘徊」という語が連想された。不謹慎な！　と思わないでほしい。音は、短詩型にとって重要だ。俳句よりも重々しい語とされる「俳諧」ではあるが、だからこそ、そこに徘徊の音を響かせてみたい。「一生」ときて「賭け」とくれば、言葉はもう充分に重い。徘徊の連想は、そこに軽みを加えることにもなるだろう。

「春の燭」は、他の季節よりも、どことなく艶っぽさを感じさせるとされている。その春の燭のもとで、一生を振り返った……という解釈も成り立つが、「俳諧＝春の燭」というふうに私には感じられる。自分が一生を賭けた俳諧とは、この春の燭のように魅惑的で、ゆらゆらととらえどころがないものであった、と。そこに徘徊を響かせれば、俳句の道とは、くっきりした一本道ではないというふうに読める。そしてさらに、思えば人生そのものが、あてのない彷徨いではないかという感慨にたどりつくのだ。

千里より一里が遠き春の闇　　飯田龍太

この句も、俳句の道、そして読者には人生そのものを感じさせて、味わい深い。

「千里の道も一歩から」と言われる。どんなに長い道のりも、一歩一歩の積み重ね。小さな一歩を重ねてゆけば、いつか千里になる……努力や継続を奨励する諺だ。

が、龍太の句は、それほど単純ではない。「一歩＋一歩＋一歩……＝千里」は、数学として合っているけれど、「千里＜一里」は、数学ではなく文学だ。

歩きはじめることのむずかしさ、何かを志すことそのものの大変さを、語っている句なのだと思う。目標に向かってまっしぐらなんて簡単に言うが、実は目標を持つことこそが一番大変だし大切なのだ。一里まで行けた人が千里を目指すための方法はいくらでもある。が、どこに向かって一里の一歩を踏み出すか。それを決めるのは、方法ではなく志だ。

結句の「春の闇」が印象深い。真っ暗というのではなく、少し潤んだような、先ほどの春の燭にも似た艶やかさが感じられる。道の行く手は定かではないが、完全な暗黒でもない。この塩梅こそが、人生を感じさせる。
竹原ピストルというミュージシャンの「俺のアディダス～人としての志～」という歌の歌詞にこんな一節がある。「走り出し続けろ、変わり続けろ、裏切り続けろ、応え続けろ……」。この「走り出し続けろ」というフレーズが、私は大好きだ。走り続けろ、ではない。何かをはじめることの勇気を、常に持ち続けようというエールは、掲出の一句にも通じるところがあるように思う。千里より一里が遠き……大変だけれど、それが人生の醍醐味だ。

たわら・まちさん　一九六二年大阪府生まれ。歌人。早稲田大卒。八六年に角川短歌賞を受賞。八七年出版の歌集『サラダ記念日』が大ベストセラーになり、現代歌人協会賞を受賞。二〇〇六年に歌集『プーさんの鼻』で若山牧水賞。現在、沖縄に暮らす。

〈二〇一四年七月二日付掲載〉

日章旗にひそむ文字

三田　完

飯田龍太の俳句鑑賞文——『鑑賞歳時記』（角川書店）などの著作は、下手な俳句を嗜む私が書棚からたびたび手に取る、いわば聖典である。すぐれた俳句作品は名水に似ていて一見透明で無味無臭に思えるが、じっと口に含めばえもいえぬ滋味や力を花咲かせる。名句の、ともすればわれら凡人の目には見えない色なき色を、龍太の筆は巧みに解き明かす。鑑賞とはつまるところ語り手自身の美意識の披瀝にほかならないのだが、それが決して押しつけがましくなく、すとんと快く腑に落ちるところが聖典たるゆえん。その〝鑑賞芸〟に憧れるあまり、句会で他人様の句について語っているとき、いつの間にか龍太の声色を使っているおのれに気づくことがある。もとより不出来な声色にすぎないのだが。

聖典の一冊、『俳句の魅力』（角川選書）を最近読み返し、「年齢と年輪」と題された一文にいたく今日的な興味をそそられた。敗戦翌年の秋、父の蛇笏が「雲母」誌上で激賞した作品があったという。それは木村泰三という作者の「炎天に日章旗瞠《み》ぬ怖ろしき」なる一句だった。「瞠ぬ」の「ぬ」は否定ではなく完了の助動詞。作者は炎暑の空にひるがえる日章旗に目を見張り、それが怖ろしかったと嘆息しているのだ。この句を蛇笏は「文字なき前書に発足するもの」と評し、さらに、「家にあつて家の潰滅を哭し、国にあつて国の潰滅を心に哭して戦慄を禁じがたいもののみが本当の国民なのである。斯かる戦慄を躬《み》を以て知り得た人にとつては、雪白《せっぱく》の地に日輪を印した国旗の掲揚に対し、今にして真に眼を瞠り、怖ろしい感情の湧きあがるのは奈何《いかん》ともしがたい」と烈しく筆を運んだ。

詩歌でいう前書とは、作品の前に「○○を巡りて」とか「××氏逝く」などとしるして句の詠まれた状況をさらりと説明することである。蛇笏のいう「文字なき前書」とは当時の日本人だれもが胸にいだいていた〝いわずもがな〟の思い、すなわち戦争への嫌悪感に違いない。文脈のなかで龍太は蛇笏の「春雪に子の死あひつぐ朝の燭」を引き、長男と三男を戦地で喪った父親の眼に映る日章旗についての臆測を述べている。

転じて、私自身にとっての日の丸とは——単純にして美しいデザインだと思う。だからこそ、サッカースタジアムであんまり安っぽく国旗を振りまわしてほしくはないし、政治家が議場や会見室で国旗に向かってぺこりとお辞儀をするニュース映像にも違和感を覚える。形式的なお辞儀より、二、三秒旗をじっと見つめるくらいのほうが、日の丸の背後にある国柄への敬意が表せるのではないか……などと。さらに、その国柄を立派にする努力を私たちは真摯にしているのだろうかと疑問も湧いてくる。

日章旗のシンプルな意匠のなかにひそむ書かれざる文字——願わくばそれが美しい言葉であれと、甲斐の山なみのはるか高みから父子の声が聞こえてくるような気がする。

みた・かんさん　一九五六年埼玉県生まれ。作家。俳人。慶應大卒。ＮＨＫなどでテレビ番組の制作などに携わった。二〇〇〇年「櫻川イワンの恋」でオール讀物新人賞。〇七年『俳風三麗花』で直木賞候補に。祖母は俳人の長谷川かな女。

〈二〇一四年七月九日付掲載〉

盆の句より

石田　千

おふたりの全句集を、ならべてみる。

俳句で生涯をたどる全集も、いろいろな編みかたがある。『新編飯田蛇笏全句集』は、句集が刊行の順にならぶ。『季題別飯田龍太全句集』は、春夏秋冬新年と、龍太歳時記として読める。

それぞれに、モノクロの写真が一枚。

山梨境川の山廬、囲炉裏ばたの蛇笏さん。龍太さんは、庭石にすわり、おだやかにカメラから目を逃がす。和服のおふたりは、額、鼻すじ、それから太い指が、よく似ている。

父と子は、ともに東京に学び、若くして山梨に帰られた。都会の雑然をあびて、郷里に育まれていた自身の目を得る。それは、いまの若いひとにもある気づきと思う。けれども、転勤族の子どもには、親の仕事を継ぐひとの責の重さに共感するのは、むずかしかった。まして継ぐのは、五七五。

お米をたくさん収穫できるように、トマトを赤く実らせるように。そういうふうに、俳句も工夫を教えられるものかしら。

考えかけて、それはさかさまと気づく。父も子も、境川のひととして暮らし、お米やトマトに教わるために、在に座すと決めた。そのことは、おふたりの俳句の謙虚な姿勢、確かな手足の動き、視線の自在さが、よくよく示している。

また、おふたりに共通するくつろいだふところは、俳人以前に、旧家の長として代々教えられた態度かもしれない。

きょうは、盆の送り火なので、全集よりお盆の俳句をたどる。

信心の母にしたがふ盆會かな　　蛇笏

飯田家のお盆は、とてもつらい。家督を継ぎ、妻をめとり、五人の男の子の父となった蛇笏は、次男數馬を病気で、長男聰一郎、三男麗三を戦争で失っている。

吾子の死に夏日のかたき土をふむ　　蛇笏

盆の月子は戦場のつゆときゆ

春雪に子の死あひつぐ朝の燭

戦死のふたりの、新盆の句もある。

にぎやかに盆花濡るる嶽のもと

慟哭する父のかたわら、頼みにしていた兄たちをつぎつぎに失ない、家長にたたされる四男龍太は、ようやく病を越えたころだった。そのうえいたましいのは、のちに龍太も、子を亡くす親の嘆きを知ることとなってしまう。

九月十日急性小児麻痺のため病臥一夜にして
六歳になる次女純子を失ふ

露の土踏んで脚透くおもひあり　龍太

みたまの帰られる日、はからずも飯田家の過去帳をひもとくように、おふたりの句を行き来する。あめつちを抱え、踏み立つ実感。つねに自然ありきの清浄。父が子に見せ、子もみずからのものとした、俳人の身体が見えてくる。

夕風に紙も硯も盆のいろ　龍太

（撮影・久米簡さん）

いしだ・せんさん　一九六八年福島県生まれ。作家、エッセイスト。二〇〇一年「大踏切書店のこと」で第一回古本小説大賞。著書に『あめりかむら』『きなりの雲』『バスを待って』『きつねの遠足』、最新刊に『唄めぐり』がある。

〈二〇一四年七月十六日付掲載〉

比類なき詩魂の俳人

齋藤愼爾

飯田龍太氏と会ったとき、二十年にひとり出会えるかどうかの人物だと思った。なぜ二十年かと問われたら答えに窮する。直感でそう感じたのだ。敢えて駄弁を弄するなら、十年ではイージーな感じだし、三十年ではリアリティーが希薄だからとでも言うしかない。

山廬にお邪魔したり、東京でも何十回となくお会いしたが、最初に抱いた思いは揺らぐことはなく、確信に近いものになった。大岡信氏は龍太氏の人柄を語って、「様子を売らない、威張らない、声音使いをしない、こせつかない、本筋をはずさない、細部の手抜きをしない、爪先だった物言いをしない、もたつかない、断言を恐れない、繊細を恐れない」とナイナイ尽くしを連発されたが、この対極にある私などは、引用していて赤面するばかりだ。

昭和五十年、朝日文庫「現代俳句の世界」全十六巻の相談のために訪ねたのが初対面。持参した草案を見て瞬時に、「いうことなし、満点、いや百二十点です」と同意してくれた。雑談に移ってから、「旧態依然の、俳壇力学に配慮した内容の草案だろうと実は危惧していたんだ」と話された。それはこちらも同様で、龍太氏には〈伝統俳句の驍将〉との先入観がある。鷹女、赤黄男、白泉、兜太、重信ら前衛系俳人の待遇には、留保ないし修正を提言されるのではと覚悟していたのだ。

爾来、俳句に関する仕事では、すべて氏に相談してきた。凛然として的確、断言を恐れぬ比類なき詩魂の俳人の意見に、私は俳壇の良心をみていた。矢島渚男氏は龍太氏が晩年、身近な者を除いて俳人とは会わず、「隠者のように過ごされた」潔さを「俳句の上で自死を決行されたように思う」とまで畏怖した。

私がイメージする隠者とは、小林秀雄が「孔子は陸沈といふ面白い言葉を使って説いてゐる。世間に捨てられるのも、世間を捨てるのも易しい事だ。世間に迎合するのも水に自然に沈むやうなものでもつと易しいが、一番困難で、一番積極的な生き方は、世間の真中に、つまり水無きところに沈む事だ、と考へた」と言う〈陸沈〉者をさしている。

龍太氏との共通の話題は井伏鱒二、永井龍男、河盛好蔵の三老翁のことだ。「きみは、あの気難しい爺さんたちと、なぜか相性がいいんだね」と不思議がる。爺さんたちと会うとき出るのは龍太氏への賛辞ばかりであった。交友といえば龍太氏は無名極楽境に遊ぶ村の俳人と率先して会われていた。

紺絣春月重く出でしかな

氏が健在であったころ、文学者には孤高、狷介、純粋、高邁といったイメージがあった。地位や名誉を得ることを逡巡し、恥とする感性があり、魂の自浄作用が働いていた。蛇笏・龍太が生前、自分の句碑の建立を許さぬなど厳しさを貫いて生きたことを、矢島氏は「蛇笏俳句の格調の高さは、その峻烈な生き方のもたらすものであった。句碑の数などを競うような俳人たちは、最初からこの賞（蛇笏賞）の対象から除外するのが蛇笏の精神というものだ」と言う。そう、俳壇にとって蛇笏・龍太は今も富士・甲斐駒などにも似た険しい一峻嶽である。

さいとう・しんじさん　一九三九年京城市生まれ。俳人。深夜叢書社代表。『ひばり伝　蒼穹流謫』（講談社）で芸術選奨文部科学大臣賞、『周五郎伝　虚空巡礼』（白水社）でやまなし文学賞研究・評論部門受賞。『齋藤愼爾全句集』（河出書房新社）『寂聴伝　良夜玲瓏』（白水社）など著書多数。

〈二〇一四年七月二十三日付掲載〉

山国の詩的人生

中沢新一

三十歳をすぎた頃からの飯田蛇笏の俳句には、甲州の自然とそこに生きる人間の心が、全面的に浸潤するようになってきた。俳句は季語をとおして、変化する自然が、言語に流れ込んでくるように考えられた詩である。飯田蛇笏の場合には、詩の中に流れ込んでいる自然が、まさに甲州にしか見いだされない、特別な自然なのである。

高く険しい山々に囲まれた盆地に営まれてきた、甲州の自然と人間の暮らし。その自然と人生が、直接的に俳句の内部に組み込まれている。その意味では、甲州の自然と蛇笏の俳句は、まったく同じ構造ででできている。

凄かんで耳鼻相通ず今朝の秋

ここには、私なども子供の頃に体験した、甲州の秋から冬にかけての自然の感覚が、驚くほど正確な言葉で表現されている。俳句は言葉と物質を隔てている膜を極薄の状態に近づけることによって、人間と自然との間に通路をつくり出そうとする言葉の芸術であるが、それを実現できている作品は、そんなにたくさんはない。ところが飯田蛇笏の俳句では、その状態がむしろ日常である。

＊

どうして彼の俳句には、そんなことができたのか。それは飯田蛇笏が、東京での文化人としての成功を断念して、故郷の境川村に戻ってきたからである。東京は平地にできた都市である。そこにある自然はすでに人間の手によって手なずけられ、管理されている。そういう世界で、俳句のめざすべき境地にたどり着くためには、漂泊の旅にでるか、想像力によって脳内に疑似自然をつくり出すしかない。

ところが甲州は山国で、地形はどこも厳しい。人間は山の動物の生活圏にも近いところに住む。そこでは水平的ではなく垂直的、踊るメロディーではなく跳ぶリズムが、人生の感覚となる。人間中心主義の世界ではなく、人間と自然の中間に繰り広げられる、山の人生。そうしたものが、かつてここには育っていた。

飯田蛇笏の俳句に浸潤しているのは、そういう垂直的自然である。その垂直的自然を、「芋の露」のような小宇宙にまるごと取り込む芸術を、蛇笏の俳句はめざした。

芋の露連山影を正しうす

「芋の露」とは、言うまでもなく彼の俳句のことにほかならない。

＊

山の自然はなめらかなものよりも、ぎくしゃくと切り立った感覚のほうを好む。そのために甲州の自然を浸潤させた俳句は、いわゆる「上手な」俳句などをめざさない。この性格は、むしろ飯田龍太の俳句の特徴となる。

春の鳶寄りわかれては高みつつ

垂直な飛翔を得意とする鳶の運動を、そのまま俳句に組み込もうとすれば、どうしてもこのリズムになる。このリズムは人間よりも鳥のものであるから、この俳句は「上手」とはいわれない。しかし俳句の本質に照らしてみれば、このぎくしゃくしたリズムこそが俳句のものである。

甲州の自然とそこに生きた人間の心は、まさに俳句の構造をもっている。飯田蛇笏と龍太父子の俳句が、そのことを立証している。彼らは山国の詩的人生をみごとに生きたのである。

なかざわ・しんいちさん　一九五〇年山梨市生まれ。思想家。人類学者。甲府一高―東大―東大大学院博士課程満期退学。中央大教授、多摩美大教授を経て現在、明治大野生の科学研究所所長。著書に『カイエ・ソバージュ』『アースダイバー』『森のバロック』など。

〈二〇一四年七月三十日付掲載〉

俳句とデザイン

深澤直人

二十年ほど前に高浜虚子の『俳句への道』を読んだことがきっかけで私のデザイン観は大きく変わった。そこには「客観写生」という文字があった。

「俳句はどこまでも客観写生の技倆を磨く必要がある」「その客観写生ということに努めて居ると、その客観描写を透して主観が浸透して出て来る。作者の主観は隠そうとしても隠すことが出来ないのであって客観写生の技倆が進むにつれて主観が頭を擡げて来る」「俳句は激越な文学ではない。それは先天的に極《き》まった性質である」「先天的にきまった性質は変えようと思っても変えることは出来ない」

自分をうち出すだけの句は醜い、主観を消し、淡々と描写してこそ人々の共感をよぶ――という考え方が新鮮だった。

私はその頃デザインというものが主観的表現媒体なのか、あるいは客観的選択なのかというようなことを漠然と考えていた。俳句は自己の心情をその情景に照らし合わせて詠い上げる詩のことだ、と勝手に思い込んでいた。自分の存在を消してしまう。消したからこそ湧き立ってくる美の存在があるということが衝撃だった。現象から導きだされる不確実でありながらわき上がる共感を成すものが何であるのかをそれから考えるようになった。

そして飯田蛇笏を読んだ。幼い頃は蛇笏という名前が印象的で、自分と同じ山梨県出身の有名な俳人ということは知っていたが、その俳句を読んだことはなかった。蛇笏は早稲田時代に高浜虚子に会い、その才能を高く評価されていた。高浜虚子選の「ホトトギス」の雑詠欄の巻頭を得たり、蛇笏が境川村の実家に帰った後も虚子と吟行や句会を行ってもいる。

ユングの言った共時性という言葉がある。心に思い浮かぶ事象と現実が一致することである。俳句はその場で詠まれた事象が他の人に同じ感触で伝わることだから共時とも言える。

その、見えないで繋がる喜び。共に感じることができるということが俳句の美しさだと思う。

蛇笏はできるだけ素直に、単純に事象を詠もうとしているように思う。それはまさに主観という自我を取払い、共時の境地に立とうとする姿勢のように感じる。

蛇笏の俳句は例えるなら透明で濁りのない出汁か、スープストックのような感じがする。味をつけた感じがしない。よい出汁はできるだけ味を加えない方がいい。喉越しのいい水のような感じもした。

デザインも俳句も似ていると思う。受け手の立場でその句を詠んでいる。詠み手も受け手も同じ感触を得ている。受け手に作家自身の付けた味を味わってほしいのではなく、そこで起こっている事実から共感を得ることに喜びを感じるところが自分の目指すデザインと似ていると思う。
短い言葉に情感を込めるのだが、それがいとも単純に偶然に起きた事象であるかのようにさらっと詠うことはなみの才能ではないと思う。蛇笏はロマンチストではなかったかと読んでいて、ふと思った。

はたと合ふ眼の悩みある白日傘　蛇笏

ふかさわ・なおとさん　一九五六年甲府市生まれ。プロダクトデザイナー。甲府工高から多摩美大卒。国内外のプロジェクトを多数手掛ける日本のトップデザイナーとして活躍。グッドデザイン賞審査委員長。日本民芸館館長。著書に『デザインの輪郭』。

〈二〇一四年八月六日付掲載〉

闇の深さと奥行き

倉阪鬼一郎

俳句に表現されている光景は氷山の一角のごときものです。その下には、多くの部分が目に触れずに隠されています。

光の当たる風景と、それを浮かびあがらせている背後の闇。その関係を象徴する句の一つに、飯田蛇笏の「流燈や一つにはかにさかのぼる」があります。目に見えているのは、精霊流しの灯りです。その一つが流れのかげんで急に向きを変え、いくらか上流へとさかのぼった――そんなただの写生句と解釈することもできます。

しかし、この精霊流しの舟が自らの意志で不意に逆流したと考えれば、闇の深さが違ってきます。むしろそう解釈することによって、すなわち、スーパーナチュラルな存在を肯定することによって、ただならぬ闇の深さと奥行きが生まれてくるのです。

こういった闇の深さを、山廬に住んだ蛇笏は生来に持ち合わせていました。闇といっても、夜のものばかりではありません。「夏真昼死は半眼に人をみる」で表されているのは白昼の闇です。その奥に棲む死の圧倒的な存在感はどうでしょうか。「草童に蛇の舌影かげろへり」も、舌影だけの蛇→蛇それ自体→その背後の闇へと奥行きが広がっていく怖い句です。

さて、拙著『怖い俳句』を編むときに蛇笏は絶対に欠かせない名前でしたが、龍太は必ずしもそうではありませんでした。ビッグネームなので採りたいけれども、蛇笏のような怖い句があまりありそうになかったからです。

「一月の川一月の谷の中」「かたつむり甲斐も信濃も雨のなか」「貝こきと噛めば朧の安房の国」などの龍太の名句は、抽象的とは言えないまでも、どこか鳥瞰的もしくは超越的な視点から風景が提示されています。蛇笏のように世界のある一点を示し、その背後の闇の深さを想わせる句とは、明らかに画法が異なります。

ただし、俳句という存在自体もそうですが、一人の俳人というものは多面体です。龍太の膨大な句業を繙くと、不可解と思われるような句も散見されます。選集に採られているような姿正しい代表句は、まさに氷山の一角なのです。

「一月の川一月の谷の中」などは、美しく整った本通りをまっすぐ進むがごとき趣ですが、あまり世に知られない脇道もたくさん残されています。詳細な地図を作ることは、むしろこれからの課題でしょう。

その一つをたどり、『怖い俳句』に採ったのは「硝子戸に蛾がべつとりと文字の毒」という句でした。これも山廬ならではの闇の深さを感じさせる句です。書見をするために灯りをともしていると、硝子戸の向こうに蛾がたくさんべっとりと張りついていることに気づきます。その奥の闇の深さは、父・蛇笏の世界とたしかに共鳴しているのではないでしょうか。

くらさか・きいちろうさん　一九六〇年三重県生まれ。小説家。俳人。翻訳家。『百鬼譚の夜』『赤い額縁』『怖い俳句』『元気が出る俳句』など多彩な著作を発表。現代俳句協会、日本推理作家協会、本格ミステリ作家クラブ、歴史時代作家クラブ会員。

〈二〇一四年八月十三日付掲載〉

父子の句に触れて

岸本葉子

五年ほど前から俳句をはじめた。十七音という短さで何をするものなのだろうと、興味があった。句会に参加すると、とまどうことばかりだ。俳句は写生と言う。見たままを五七五にしていくと、単なる報告と指摘される。「実」だけでなく「虚」があるのがいい句とも聞き、「虚」を入れたつもりの句を出すと、あざといと評される。何をどうすれば「俳句らしい」ものができるのか。

頭を抱える私に、長く作っている人が「これを読むといい」とすすめてくれた。『飯田龍太全集』である。蛇笏の方が、早いうちに知っていた。

芋の露連山影を正しうす　　蛇笏

俳句のお手本のようなものとして、初心者向けの本によく載っている。近景と遠景の対比の構図。格調高い調べ。芋の露に影が映っていると鑑賞せず、切れを味わうことなど。

龍太の句は歳時記で目にしているくらいだったが、あらためて読み、平明ながら重厚感のある作品にたちまちひかれた。

春暁のあまたの瀬音村を出づ　　龍太

詠み込まれた自然の事物が精気を放っている。都会に住む私には、歳時記にある季語の多くは実感のないものだが、龍太の句では日々の営みと一体となり息づいていた。山国に根を下ろして生きる強さがあった。

大寒の一戸もかくれなき故郷　　龍太

一年でもっとも寒さの厳しい時節。周囲の枝葉はすべて枯れ落ち、家々は身を隠すものとてなく、張りつめた空と、稜線と、むき出しで対峙する。全戸を眺め渡せる谷間の集落。互いのことも隠し立てしようがない。ここそが故郷であり、ここでありのままの暮らしをしていくのだと、冷気を深々と吸い込んで胸を張るような覚悟と誇らしさとを感じる。

彼の引き受けたものの大きさを、全集を読み進むにつれて私は知った。高名な父と同じ道を進むこと。戦死した兄たちに代わり旧家の長の座も継いだこと。

冬耕の兄がうしろの山通る　龍太

昭和四十年十二月の作。父も兄もすでに亡い。さまざまな巡り合わせから生涯の地と定めた故郷で、村人が耕していたのか、あるいは自ら鋤鍬を握る手をふと休めたときだったか。そのとき龍太の目には、兄の姿がたしかに見えたのだ。「生死の虚実は問うところでない」と書いている。写生は感じたものを見たものにする表現の一方法だ、とも。

この文章に接してから私は、写生とは何かとか、虚をどう仕掛けるか、とかと考えるのを止めた。「俳句らしい」ものを作りたいという欲でいっぱいだった頭を、空っぽにして感じること。そう教えられたのだ。

きしもと・ようこさん　一九六一年神奈川県生まれ。エッセイスト。旅や暮らしをつづるエッセーを発表。闘病体験を二〇〇三年『がんから始まる』に著し、患者支援の活動も。著書に『生と死をめぐる断想』『俳句、はじめました』など。

〈二〇一四年八月二十七日付掲載〉

「巖と水」の思想

角川春樹

篁に一水まぎる秋燕　角川源義

右の一句は、飯田蛇笏の葬儀におもむき、山廬後山を逍遙した折に、父・角川源義が得た一句である。父・源義は俳壇最高の賞として蛇笏賞を創設し、飯田蛇笏を立句（俳諧連歌の第一句）最後の俳人として、生涯敬慕の念を抱き続けた。

蛇笏俳句の特性は、雄勁な骨格の自然諷詠、特に山嶽俳句は古今独歩の感がある。そして、そのけれん味のない詠いぶりが蛇笏という存在を、私のイメージでとらえてみると、甲斐国山中の揺るがざる巨巖という形で像がむすばれる。大自然に根の生えた作風を、私は「巖の思想」と名づけた。次の一句は、「巖の思想」の代表句である。

極寒のちりもとどめず巖ふすま　飯田蛇笏

大巖にまどろみさめぬ秋の山　同

一方、飯田龍太の代表句の中から、二句だけ選んでみた。

一月の川一月の谷の中　飯田龍太

水澄みて四方に関ある甲斐の国　同

両句とも、水である。水とは無意識である。蛇笏俳句に比較すると、龍太俳句は、自在で融通無礙だ。蛇笏のように武張ったところがなく自然体である。言語感覚は蛇笏よりも一層鋭く、魔術のように言語を駆使する。言語を「心」の道具、或いは武器として使ってきたが、それさえも、捨て去ろうと考えていた。つまり、「水」のように透明な句境に至ろうとしていた。私は龍太の句と句境を過去に「水の思想」と名づけたが、今もその見解は変らない。生前の龍太が目指したところの俳句は、「水」のように、無技巧、無作為、つまり無意識ということではなかろうか。

昭和四十七年「俳句」一月号で、龍太は角川源義と対談し、次の発言をもって結論とした。明確な「水の思想」である。

《飯田　自分の姿勢はいつでも自由にしていたい。とらわれてはいけませんよ。》

『山居四望』の次の一文も同様である。

《芭蕉などは、晩年に近づくに従って作品が次第にういういしくなり、いわば幼子の肌を見るようなつやつやしさが見えてくる。なんとも不思議なことだが、つまり、手馴れた技巧によって失われるものがあることを、身にしみて知ったためではあるまいかと思う。》

過日、父・源義の『近代文学の孤独』に、次の一句鑑賞文を発見して、私を驚愕させた。

《極寒のちりもとどめず巖ふすま　蛇笏

蛇笏はまた巖の持つ思想を愛した人だ。海辺の巖よりも渓流の巨巖を愛する人だ。更に深山幽谷にわだかまる青巖を愛する人だ。夕日影をあびた林間の青巖を坐禅三昧のすがたと感ずる人だ。蛇笏俳句は巖の思想だ。》

かどかわ・はるきさん　一九四二年富山県生まれ。國學院大卒。角川春樹事務所会長兼社長、俳人。句集『信長の首』で芸術選奨文部大臣新人賞、『流され王』で読売文学賞。『花咲爺』で蛇笏賞受賞。『人間の証明』『男たちの大和／ＹＡＭＡＴＯ』など多くの映画製作でも知られる。

〈二〇一四年九月三日付掲載〉

あとがき

本書は『龍太語る』（二〇〇九年、山梨日日新聞社刊）が端緒となった。同書を編集していた際、『龍太語る』刊行会の皆さんから「龍太先生とともに歩んできた皆さんに、龍太先生の思い出を語っていただき、さらには蛇笏先生の素顔についてうかがってほしい」「とくに蛇笏先生を直接知る方は年々少なくなり、話してもらうには今が最後の機会ではないか」との声が上がった。

山梨日日新聞社は、二〇一二年から創刊百四十周年記念企画として、「山廬追想」と題し、「雲母」関係者はもとより、友人や知人ら親交があった方々を取材し、蛇笏、龍太両氏の思い出を連載した。一四年には、その第二弾として「山廬私想」の表題で、文化関係者に蛇笏と龍太の俳句世界について随想を寄稿してもらった。

こうした中で、「雲母」が二〇一五年、創刊から百年を迎えることから、『龍太語る』の姉妹編として、「山廬追想」と「山廬私想」を一冊にまとめることが企画された。出版に向けた編集作業と併行して、「山廬追想」については、新たに四人の皆さんを取材し、貴重なお話をうかがうことができた。

『龍太語る』刊行以後、蛇笏・龍太両氏の文業や足跡をたどる機運は年々高まり、毎年春には地元で「飯田龍太を語る会」が開かれ、ゆかりの人たちが講演している。山梨県立文学館も二〇一〇年に企画展「井伏鱒二と飯田龍太　往復書簡　その四十年」展、二〇一二年には特設展「歿後五十年　飯田蛇笏」展を開催した。また、一四年には、俳句をはじめ文化の発信拠点として山廬を維持管理する一般社団法人山廬文化振興会（飯田秀實理事長）も設立された。さらに、龍太氏の文業を顕彰する「飯田龍太文学碑」が、蛇笏文学碑が建つ芸術の森に建立され、同年十一月十一日に除幕式が行われた。建立にあたっては、金子兜太氏、竹西寛子氏、大岡信氏、宇多喜代子氏をはじめ、県内外の龍太ゆかりの人たちが建設委員会（野口英一委員長）を立ち上げ、全国各地からたくさんの浄財が集まった。

二〇一五年秋には、県立文学館で「雲母」創刊百年を記念した「俳句百景」展も開催。旧雲母人が編集する俳誌でも「雲母百年」企画が特集され、蛇笏・龍太の俳句世界はもとより、「雲母」研究も深まり始めている。

本書をまとめるにあたり、インタビューに協力してくださった方々、執筆者の皆様には再録に際して御快諾をいただきました。鬼籍に入られた方には、御遺族の了承をいただき、さらに飯田秀實氏には、新聞連載の間、御協力いただきました。ここに、御高配を賜ったすべての皆様へ深く御礼申し上げます。

今後も蛇笏・龍太に関する研究はいっそう進んでいくでしょう。本書がその一助となること、多くの読者の皆様に御高覧いただくことを切に願います。

二〇一五年八月

山梨日日新聞社

蛇笏《だこつ》と龍太《りゅうた》――山廬追想《さんろついそう》

二〇一五年九月二十八日　初版第一刷発行

編　者　山梨日日新聞社
協　力　飯田秀實
発行所　山梨日日新聞社
〒400-8515
甲府市北口二丁目六-一〇
印刷所　電算印刷株式会社

ISBN 978-4-89710-624-3
JASRAC 出1509676-501

定価はカバーに表示してあります。